Hugo

Für Swantje

Bibliografische Information der Deutschen Nationalbibliothek:
Die Deutsche Nationalbibliothek verzeichnet diese Publikation in
der Deutschen Nationalbibliografie; detaillierte bibliografische Daten
sind im Internet über dnb.d-nb.de abrufbar.

TWENTYSIX – der Self-Publishing-Verlag
Eine Kooperation zwischen der Verlagsgruppe Random House und
BoD – Books on Demand, Norderstedt
© 2019 Frauke Bassin

ISBN: 978-3-7407-3444-2

„Es gibt etwas Gutes in dieser Welt, Herr Frodo.
Und dafür lohnt es sich zu kämpfen!"

Samweis Gamdschi

1.

„Das kann nicht wahr sein, das kann alles nicht wahr sein", höre ich mich selbst stöhnen und weiß doch, dass es wahr sein muss, wahr ist!

Mein Arbeitszimmer sieht aus wie immer: Vollgestopft, chaotisch und leider auch ziemlich staubig. Alles scheint wie immer, aber das ist es nicht. Die Geschichte dieser Frau, die alle kennen und die vor gerade zehn Minuten gegangen ist – ich kann sie nicht verstehen! Ich muss das irgendwie ordnen, aber wie?

Ratlos schaue ich mich in meinem Zimmer um. Die Bücher in den Regalen stehen nicht nur nebeneinander, sondern liegen noch quer darüber, der alte Eichenschreibtisch ist unter der Menge Papiere kaum zu erkennen, die Aquarelle mit Stimmungsmotiven norddeutscher Landschaften hängen stumm an den Wänden und müssten wahrscheinlich dringend einmal gereinigt werden. Im Lichtkegel eines schräg einfallenden Sonnenstrahls tanzen die vielen Staubpartikel, die sich noch nicht zu den vielen anderen auf Regalen und Büchern niedergelegt haben.

Mein Blick fällt auf einen Stapel weißen Papiers neben dem Drucker und plötzlich weiß ich, was ich tun muss. Ich weiß genau, wo sie liegt und wühle schnell meine alte Pfeife hervor und den Tabak – obwohl ich mir schon vor Jahren geschworen habe, sie nicht mehr zu benutzen.

Der Tabak riecht so, wie etwas riecht, was alle seine Aromen verloren hat. Schnell stopfe ich die Pfeife und merke, als ich das brennende Zündholz daran halte, dass meine

Hände zittern. Mit zitternden Händen greife ich nach meinem schönen alten Federhalter, schraube seine Kappe ab und beginne mit krakeliger Schrift zu schreiben:
In den 37 Jahren meiner Dienstzeit als Pastor habe ich sehr viele Geschichten gehört, sogar Geschichten von Mördern oder solchen, die Mörder werden sollten, von Betrügern und Schlägern, von Geschlagenen und Betrogenen, Geschichten, die mich erschütterten, die mich wütend oder traurig machten, die mein Mitleid oder meinen Zorn erregten, aber nie, niemals habe ich eine Geschichte gehört, wie die der Frau, die gerade eine Melodie summend mein Zimmer verlassen hat, keine fröhliche Melodie, sondern eher eine erhabene, die mir bekannt vorkommt, die ich aber gerade nicht zuordnen kann und mich zurücklässt, als einen alten Mann, der alles, was er je getan und geglaubt hat, nun bezweifeln muss. Ich schreibe diese Geschichte auf, um zu verstehen, was ich nicht verstehen kann. Normalerweise würde ich jetzt schreiben „Gott helfe mir" – aber wie kann ich?

Frieda saß in ihrer Küche und schnitt Äpfel, während ein Feuer in der Küchenhexe glomm und der Herbstwind die letzten Früchte von den Bäumen schüttelte und an den Fensterläden rüttelte. Aus dem Radio klang leise Beethovens Neunte und Jamie, ihr Labrador, schnarchte zufrieden in seinem Körbchen neben ihren Füßen.
Der Entsafter gluckerte auf dem Ofen und entließ den Saft der Äpfel in den mittleren Topf. Frieda schaute auf das Fenster im Gummischlauch. Es begann sich gerade erst zu

füllen. Es roch nach Feuer, Äpfeln und Zimt. Es roch nach Behaglichkeit.

Frieda drehte das Radio lauter und schmetterte gerade „…Sphären rollt sie in den Räumen, die des Sehers Rohr nicht kennt" gemeinsam mit dem Chor, als es plötzlich heftig an der Haustür rappelte. Jamies Haar sträubte sich und ein tiefes Knurren drang aus seiner Kehle, gleichzeitig wurde ihre Küchentür aufgestoßen und ein großer Mann mit blutverschorftem Gesicht kam in dreckstarrender, triefender Wikingerkleidung und hocherhobenen Schwert hineingestürmt. Jamie knurrte.

Frieda starrte den Mann an.

Ich höre auf, zu schreiben und lehne mich mit geschlossenen Augen zurück. In meinem Kopf spielt sich die Szene ab, wie die Frau mir diesen Teil ihrer Geschichte erzählte. Das schöne Grünbraun ihrer Augen leuchtete so intensiv und durch Tränen glänzten ihre Augen, wie ein Waldteich im Sommerlicht. Es muss sie viel Mut gekostete haben, mir das zu erzählen – ich habe noch nie etwas Unglaubwürdigeres gehört.

Die zerlumpte Gestalt starrte Frieda an. Der wilde, hasserfüllte Blick brach vor ihren Augen. Noch nie hatte sie ein solches Ausmaß von Erschütterung und Fassungslosigkeit in dem Gesicht eines Menschen gesehen. Seine aufgerissenen Augen glitten über ihre Gestalt, ihre Kleidung, wanderten durch ihre Küche. Sein Blick kehrte zu ihr zurück. Während sie auf seinen erhobenen Schwertarm starrte, starrte er auf das kleine Küchenmesser in ihrer Hand, die sie in einer unwillkürlichen Bewegung abwehrend erhoben hatte. Sein angestrengtes Keuchen wurde lauter. Der erhobene Schwertarm sank langsam hinab, bis die Spitze des Schwertes auf den Boden, in die schmutzige Pfütze, die sich um seine Füße bildete, stieß. Frieda senkte den Arm mit einer sehr langsamen Bewegung und legte das Messer auf den Küchentisch.

Sie erzählte mir, dass sie keine Angst gehabt hatte. Ihr Herz pochte, aber sie hatte keine Angst. Sie suchte nach Worten, um mir zu erklären, was sie empfunden hatte und hob schließlich ratlos die Hände, weil es ein solches Wort nicht gab.
Und dann quollen die Tränen in reichem Fluss aus ihren Augen und sie weinte und weinte, herzzerreißend leise, um Fassung bemüht und ich weinte schließlich mit, weinte mit, weil ich den Fortgang ihrer Geschichte im Groben kannte – wenngleich auch aus einer ganz anderen Perspektive.

Frieda fiel nichts ein, was sie dem Mann sagen konnte, obwohl sie ihm so gerne etwas Tröstendes gesagt hätte. Seine wilden, kastanienroten Locken standen ihm zu Berge, sie sah, wie er die Muskeln seines rechten Armes anspannte, darum kämpfte, sein Schwert nicht den zitternden Fingern entgleiten zu lassen. Sie sah, wie er schluckte und mit sich rang, die hellen Augen weit aufgerissen.
„Ich bin Frieda", sagte sie schließlich und der Mann gab ein Geräusch von sich, das klang, so wie sie sich das letzte gurgelnde Japsen eines Ertrinkenden vorstellte, drehte sich um

und schwankte polternd durch ihren kleinen Flur in die kalte, nasse Dunkelheit hinaus.

Jamie knurrte noch immer, das Fell hochgesträubt. Der Chor sang:

„Eine heitre Abschiedsstunde! Süßen Schlaf im Leichentuch! Brüder – einen sanften Spruch Aus dem Todtenrichters Munde!"

Der Entsafter zischte, weil er zu vollgelaufen war und das Feuer war nur noch Glut. Frieda öffnete den Schlauch und ließ den Saft in eine Karaffe laufen. Dann legte sie einige Holzstücke in den Ofen und blies hinein, bis die Flammen wieder gierig an den Holzscheiten züngelten und leckten.

„Komm, Jamie" sagte sie dann und ging, gefolgt von ihrem Hund, in den Flur, in dem ihre Jacken an der Garderobe hingen und ihre Schuhe im Regal standen. Schnell schlüpfte sie in die Gummistiefel und ihre warme Jacke, griff nach ihrer alten Taschenlampe und öffnete die Tür nach draußen. Regen prasselte ihr aus der Dunkelheit entgegen, sie zog die Kapuze ihrer Jacke tief über ihre Stirn und ging unbeirrt durch ihren Garten auf den anliegenden Wald zu. Das weiße Holztor schwang knarrend in seinen Angeln. Sie folgte dem Pfad, den sie vor etwas mehr als einem Jahr gegangen war, als sie auf den Makler wartete, der ihr das kleine Haus zeigen sollte.

Sie war viel zu früh gewesen und mit Jamie in den Wald gegangen, weil sie nicht im Auto sitzen und nervös eine Zigarette nach der anderen rauchen wollte und diesem Pfad gefolgt. Die behäbigen alten Buchen strahlten Ruhe und Gelassenheit aus. Dann hatte sie den Hügel gesehen und sich erinnert, einen Hinweis für ein Denkmal auf ihrem Weg zum Haus gelesen zu haben. Seltsamer und unbeschreiblicher Weise hatte sie ein tiefes Glücksgefühl empfunden, als sie das Hügelgrab entdeckte und eine Stimme in ihrem Inneren gehört, die sie bat, den Hügel nicht zu betreten. Aber natürlich war sie hingegangen und auch hinaufgestiegen. Sie war mit sanften, vorsichtigen Schritten darüber gegangen, behutsam, und hatte gesehen, dass dort einmal gegraben wurde und das Loch nur beiläufig zugeschüttet worden war. Wer wusste schon, ob es überhaupt Archäologen waren oder moderne Grabräuber oder Kinder. Der kleine Wald mit den alten Eichen und Buchen und dem schönen Hügelgrab erschienen ihr als ein wunderbarer und sehr friedlicher Ort, an dem sie bleiben wollte und so hatte sie, als der Makler endlich kam, kaum zugehört und nicht gezögert, das kleine rote Backsteinhaus zu kaufen.

Jetzt folgte sie dem Licht ihrer Taschenlampe. Vorsichtig schritt sie über das glitschige Herbstlaub und hörte nichts anderes als das Tosen des Sturmes in den alten Baumkronen. Es war nicht weit und der Grabhügel tauchte auf.

Ich muss jetzt etwas zu trinken haben, diese Geschichte braucht etwas Gutes. Ich greife nach der Flasche Graham's Tawny Port und fülle mein Glas unvernünftig voll. Ich spüre selbst, wie sich meine Nasenlöcher weiten, bei dem starken Duft, der mir entgegenschlägt. Es riecht nach Malz und Karamell, gemischt mit typischen Geruch des Weines. Die Geschmacksknospen in meinem Mund ziehen sich erwartungsvoll zusammen. Wie immer ist der erste Schluck der beste. Ich rolle den schweren Port hin und her und verteile ihn so genüsslich. Danach sauge ich an dem Stiel meiner Pfeife und der Geschmack des Rauches verbindet sich so angenehm mit dem würzigen Getränk.

Sie leuchtete den Hügel ab und dann sah sie ihn. Zusammengekauert saß er in der Mulde, die Arme um die nackten Knie geschlungen, den Kopf daraufgelegt. Sein Oberkörper schaukelte im strömenden Regen hin und her. Frieda leuchtete ein wenig an ihm vorbei, um ihn nicht zu blenden. Vor ihm lag das Schwert. Schließlich hob er den nassen Kopf und blickte sie an. Sie sahen sich in die Augen, ohne in der Dunkelheit den Blick des anderen erkennen zu können.
„Geh weg!", sagte er schließlich mit rostiger Stimme. Frieda trat näher und streckte ihm ihre Hand entgegen.
„Komm mit", sagte sie. Er sah sie, so trostlos und verzweifelt, wie ein Mensch nur schauen kann, an. Schweigend schaukelte er sich weiter vor und zurück. Frieda verharrte mit ausgestreckter Hand. Dann streckte er langsam und zögernd seinen Arm nach ihr aus, so als habe er Angst vor der Berührung.

Während der süße Port mich wärmt und tröstet, denke ich daran, wie sie von diesem Moment erzählte. Von diesem kurzen Moment, in dem sie glaubte, seine Hand müsse sich sehr kalt und, naja, was erwartet man von einem Handdruck eines Toten, tot, anfühlen und ihrem kurzen Unbehagen und von ihrer Überraschung, als die nassen, aber warmen Finger sich sehr kräftig um ihre Hand schlossen. Nie werde ich ihren Blick vergessen, mit dem sie mich ansah, als sie fortfuhr mir das Gefühl zu beschreiben, was sie dabei überkam: „Es fühlte sich an, als ob sich mein Körper mit seinem verbinde, als ob wir von diesem Moment an nicht zwei, sondern nur noch ein Blutkreislauf waren. In seinen Augen sah ich das gleiche Staunen, wie es mich durchfuhr", sagte sie und zum ersten Mal verzog sich ihr Mund zu einem kleinen Lächeln und Liebe leuchtete aus ihren so traurigen Augen.

Der Mann ließ sich von ihr hochziehen, griff mit der linken Hand nach seinem Schwert und folgte nun gemeinsam mit ihr dem heimkehrenden Lichtkegel der Taschenlampe. Hand in Hand folgten sie dem schlammigen, glitschigen Pfad durch die Dunkelheit. Jamie schnüffelte um sie herum und der Wind riss an Ästen und heulte durch kahle Baumwipfel. Frieda zog den Unbekannten hinter sich her und er ließ es geschehen, wie ein vertrauensvolles Kind ließ er sich von ihr lenken. Das Gartentor ächzte und quietschte noch immer. Immer wieder schlug es gegen den Pfosten. Frieda stieß es energisch ins Schloss und legte die eiserne Kette darüber. In ihrer kleinen Diele streifte sie ihre Schuhe ab und hängte ihre Jacke zurück an den Haken. Jamies Handtuch, mit dem sie ihn gewöhnlicher Weise abtrocknete, bevor er mit in die Wohnung durfte, blieb unbenutzt. Sie zog ihren Gast durch den Flur, zur Treppe und bis ins Badezimmer hinauf, drückte ihn sanft auf den kleinen Schemel, der dort stand und öffnete den Wasserhahn ihrer Badewanne. Er betrachtete die Badewanne und das fließende Wasser, während sie überlegte, welchen Badezusatz sie hineingeben sollte und schließlich nach einem Lavendelöl, von dem sie hoffte, dass es eine entspannende Wirkung habe, griff und einen guten Schuss hineinspritzte. Der Mann saß ruhig und beobachtete sie, während der duftende Wasserdampf das Badezimmer erwärmte.

Mit der Hand fühlte sie, ob das Wasser auch nicht zu warm sei.

„Du kannst dich jetzt baden", sagte sie und nickte in Richtung der Wanne. Und weil der Mann schweigend und reglos dasaß, begann sie ihm vorsichtig seine Kleidung vom Körper zu streifen, eine Art Tunika, die über eine weite Hose hing, wurde von einem Gürtel gehalten. Sorgsam legte sie die Sachen, die mit Erde und Blut verschmiert waren, beiseite. Ganz kurz überlegte sie, wie alt sie wohl waren und glitt sanft mit den Kuppen ihrer Finger darüber. Er ließ es geschehen und sah sie an.

Ihre Augen leuchteten noch mehr, als sie mir von seinen Augen erzählte, die sie fortwährend beobachteten und nicht von ihr wichen. „Ein bisschen Grün, ein bisschen Grau, ein bisschen Blau", schwärmte sie, „Augen, so herrlich und grenzenlos wie der Himmel", beschrieb sie die Augen, die auch ich kannte. Und wenn seine der Himmel waren, dachte ich, so waren ihre die Erde.

Dann lag er, von weichem Schaum umgeben, in der Wanne. Die Augen waren jetzt geschlossen und die Fäuste geballt. Frieda nahm einen Waschlappen und rieb sanft über seinen Körper.

Ein wunderbarer Körper, wie sie mir erzählte, stark, kräftig und muskulös, breit in den Schultern, ein flacher Bauch.

Sie sah, dass er sich langsam entspannte, die Fäuste sich öffneten und die Anspannung der Muskeln nachließ. Sie nahm etwas Shampoo und verteilte es auf seinem Kopf. Die Haare fühlten sich drahtig und gleichzeitig weich an. Erstaunt griff sie hinein. Der Mann in der Wanne stöhnte auf und dann sah sie die lange Wunde an seinem Hinterkopf, die ihn getötet hatte und die offensichtlich nur eilig gesäubert wurde, bevor er bestattet worden war. Vorsichtig kratzte sie mit ihren Fingernägeln ein wenig Schorf und Erde weg, dann massierte sie sanft seine Schläfen. Ihre Finger kreisten über den Wangenknochen und fuhren mit sanftem Druck über die gerunzelte Stirn.

„Ich bin gleich wieder da, ich hole nur etwas zu trinken", murmelte sie und rannte, als sie aus dem Bad kam, schnell in die Küche. Sie setzte Wasser auf und holte ihren Rum aus der kleinen Speisekammer. Ein neues Scheit Holz in die Küchenhexe brachte das glimmende Feuer wieder zum Lodern. Dann nahm sie zwei Becher, füllte Zucker und Rum hinein, hängte Teebeutel dazu und goss das kochende und anschließend noch etwas kaltes Wasser darüber. Sie trug die Becher in ihr Badezimmer, in dem der Mann noch immer reglos in der Wanne lag.

Sie betrachtete ihn: Die hohen Wangenknochen, die grade Nase, die vollen, breiten Lippen, die ihm das Aussehen eines sinnlichen Mannes gaben.

„Trink etwas!", sagte sie zu ihm. Er öffnete die Augen und wieder sah sie in den Himmel, in einen ruhigen, grau verhangenen Himmel. Sie hielt ihm den Becher hin, der doppelt so viel Rum und Zucker enthielt, wie ihrer und warnte, als er danach griff: „Vorsichtig, ist noch sehr heiß!"

Er nippte vorsichtig an dem Grog und Frieda sah die Freude über den kräftigen Alkohol in seinem Gesicht. Vielleicht auch etwas Überraschung, aber sicherlich Freude über das Getränk, das ihm nun heiß in den Körper rann und ihn entspannte. So saßen sie gemeinschaftlich schweigend in ihrem Bad und nippten an ihren Getränken. Schließlich stellte er seinen Becher beiseite und seine schweren Lider zeigten ihr seine Müdigkeit.

„Zeit, schlafen zu gehen", sagte sie und wieder ließ er sich widerstandslos von ihr hochziehen und in das große Handtuch hüllen, das sie von der Heizung nahm. Sie rubbelte ihn vorsichtig trocken und führte ihn schließlich in ihr Schlafzimmer, wo er gehorsam in ihr breites Bett stieg und sich von ihr zudecken ließ. Der große Mann rollte sich zusammen wie ein kleines Kind und schloss seine Augen. Frieda staunte, dass ein so stark wirkender Mann so verwundbar und unschuldig aussehen konnte.

Sie setzte sich an den Bettrand und betrachtete ihn und als sie glaubte, er schliefe, sagte sie: „Hugo! Du bist Hugo!"

2.

Sie erwachte von dem Gefühl betrachtet zu werden und öffnete die Augen. Er blickte sie direkt an: „Andri", sagte er dann, „ich bin Andri, der Sohn Arngrimurs, des Jarls von Haithabu!" Seine Stimme klang rostig und knarrig, aber seine Augen blickten hell.

Mein Glas ist leer und die Pfeife ist aus. Beides bringe ich schnell in Ordnung und schäme mich ein wenig, ein zweites

Glas Portwein zu trinken, während Frieda gleich den Frühstückstisch decken wird. Ich kann mich nicht auf den Fortgang von Friedas Erzählung konzentrieren, zu sehr bemüht sich mein Gehirn, sich zu erinnern, ob ich schon irgendetwas gelesen habe, das mit Hugos Fall vergleichbar wäre. Leider fällt mir nur die Inquisition ein und die letzte Hexenverbrennung im 18. Jahrhundert. Der armen Anna Göldin wurde der Kopf abgeschlagen, nachdem sie nach ausreichender Folter gestanden hatte, Magie genutzt zu haben. Irgendeine Form von „Magie" musste Hugo auch besitzen, wie er hätte er sich sonst tausend Jahre halten können? Oder hatte er sich gar nicht gehalten, sondern neu materialisiert? Zu Anna Göldin gesellen sich nun noch Untote und Vampire in meinem Kopf. Natürlich weiß ich, dass das Quatsch ist, aber, wenn ich Hugo nicht gekannt hätte – würde ich dann Friedas Geschichte glauben? Mein Glaube hilft mir jedenfalls nicht weiter. Wie meine Kirche früher auf eine solche Geschichte reagiert hätte, das ahne ich wohl. Schließlich tat sie sich schon mit den Naturwissenschaften schwer.

Ich höre mich selbst seufzen und reibe meine Schläfen. Unsterblichkeit kann nur die Seele erreichen. Wie hat er das bloß gemacht? Oder was hat das gemacht? Oder wer? Ich greife wieder zu meinem Füller, in meinem Mund wälze ich den schweren Port hin und her und schreibe weiter. Vielleicht entwirren sich die Fäden meiner Gedanken noch.

Frieda zog ihre Decke enger um sich. Durch das geöffnete Fenster drang kalte Luft. „Andri", sagte sie nachdenklich und betrachtete ihren Gast. „Jetzt bist du nicht mehr der Jarlssohn aus Haithabu. Es ist viel Zeit vergangen!"

Hugos Augen waren heute Morgen sehr grün, stellte sie fest. Dann traute sie sich, es auszusprechen: „Es müssen ungefähr tausend Jahre seitdem vergangen sein." Sie zögerte etwas: „Weißt du, was ein Jahr ist?" In Hugos Augen zog dunkelgrauer Sturm auf: „Natürlich weiß ich, was ein Jahr ist. Alle Jahreszeiten zusammen!"
Die zwei lagen sich gegenüber und starrten sich an. „Wie.....", begann Frieda. Wie fragt man jemanden, der vor tausend Jahren gelebt hat und nun neben einem im Bett liegt, wie das geschehen konnte, fragte sie sich selbst.
„Ich weiß nicht, wie!" Hugos Stimme klang wie das Knurren eines Hundes. Die gerunzelte Stirn zeigte ihr, wie sehr er nachdachte.
„Du musst von hinten erschlagen worden sein", half sie ihm „und irgendjemand hat dir dieses prächtige Grab gebaut."
„Nein!", sagte Hugo entschieden. „Das ist nicht mein Grab! Das Grab war schon sehr lange vor mir da. Vielleicht ist es auch gar kein Grab, sondern ein sehr heiliger Ort. Ich bin nur in Eile dazu gelegt worden. Wir sind überfallen worden und waren auf der Flucht. Es waren so viele", stöhnte er plötzlich. Frieda ließ ihm Zeit, sich zu besinnen. „Und dann?", fragte sie.
„Und dann war ich tot!", murrte er und fasste mit der rechten Hand an seinen Hinterkopf. Seine Augen waren dunkel.

Mir fällt die Aussage Hugos wieder ein. Ein sehr heiliger Ort. Das muss ich nachlesen. Während meiner Rechner hochfährt, nehme ich einen weiteren Schluck Port. Minuten später weiß ich, dass Hugo ungefähr viertausend Jahre nach der Entstehung des Grabhügels tatsächlich dazugelegt worden sein musste. Über die Kultur und den Glauben dieser Menschen, die den Grabhügel errichtet haben, weiß ich nichts.

„Hast du Hunger?" Frieda wollte Hugo ablenken. Die Erinnerung würde schon noch kommen.
Hugo nickte. „Dann mach ich jetzt Frühstück", beschloss Frieda. Sie zögerte einen Moment lang aufzustehen, da sie wie immer völlig nackt unter ihrer Decke lag. Schließlich zog sie die Decke beiseite und erhob sich. Hugo hatte sich schließlich gestern von ihr baden lassen. Schnell schlüpfte sie in ihre Unterwäsche, während Hugo sie betrachtete.

Während Frieda also in ihre Küche eilt und ihren Kühlschrank plündert, um dem Wikinger ein ordentliches Frühstück zu bereiten, greife ich schon wieder zu meinem Glas. Drei Dinge gilt es festzuhalten. Erstens: Hugo oder besser Andri lag in einem Grab einer ca. fünftausend Jahre alten Kultur, von der wir nicht wissen, an welche Götter sie geglaubt hat. Zweitens: Andri selbst gehört zu den Wikingern und glaubte demnach an die nordischen Götter, wenn nicht drittens: Andri bereits christianisiert war und an unseren Gott glaubte.
Meine Schläfen pochen und ich bohre meine Fingerknöchel in meine Augenhöhlen und reibe kräftig. Jetzt pochen meine Schläfen noch mehr und ich beschließe, für heute aufzuhören, obwohl ich große Angst habe, Details des Gehörten zu vergessen.

Bevor ich den Entschluss fasse, mich für die nächsten Tage krank zu melden, was ich, ohne wirklich krank zu sein, noch nie getan habe, notiere ich noch schnell, dass drittens ausfällt. Frieda hatte mir später erzählt, dass zwar schon Mönche in Haithabu waren, als Andri dort lebte, die Wikinger aber während seiner Lebzeiten kein Interesse an diesem Glauben zeigten.

Ich gehe mit der Frage schlafen, warum es einer göttlichen Macht gefallen hat, Andri über tausend Jahre später zurückzuschicken? Und ich gehe mit dem Wissen schlafen, dass ich eine entscheidende Frage ausgelassen habe. Die Frage, die ich mir als protestantischer Pastor nicht stellen darf…..

Frieda klapperte in ihrer Küche mit dem Geschirr. Jamie hatte sie, wie jeden Morgen, in den Garten gelassen und seinen Futternapf gefüllt. Es war ein grauer Morgen, trübe und regnerisch. Kräftiger Wind blies die Wolken landeinwärts und ließ manchmal ein kleines Stückchen Himmel sehen. Frieda stand in der offenen Tür und blickte über das weite Land. In ihrem Bett lag ein fremder Mann, der von sich behauptete, ein Wikinger aus Haithabu zu sein, ein Jarlssohn gar. Sie starrte in die Ferne und stellte fest, dass sie ihm glaubte, dass sie ihm schon geglaubt hatte, als er in ihrer Küche stand und noch kein Wort gesagt hatte. Sie seufzte ein wenig und ging, gefolgt von Jamie, in die Küche zurück. Sie hatte noch gekochte Kartoffeln gefunden und Speck. Beides briet sie nun, während die Kaffeemaschine gluckerte und ein duftendes Versprechen äußerte. Sie öffnete gerade den Kühlschrank, um ein paar Eier zu suchen, als Hugo plötzlich in der Küche stand. Völlig nackt. „Gott sei Dank

habe ich noch Eier", plapperte sie los, ihre Verlegenheit dahinter verbergend. „Gott sei Dank?", wiederholte Hugo, während seine Augen schauten und sein Kopf sich offenbar bemühte, alles, was gerade in der Küche geschah, zu verstehen. „Ist es das, was die Menschen jetzt glauben?"
Frieda hatte plötzlich das Gefühl, ihre Küche aus seinen Augen zu betrachten – ein Gefühl, das sie kannte, das ihr vertraut war. Besonders, wenn Menschen sie zum ersten Mal besuchten, schien es ihr immer so, als sähe sie nun alles aus den Augen ihres Gastes. Oft genug war es ein Schmutz, den sie übersehen oder ignoriert hatte. Oder eine Spinnenwebe, die angeblich signalisierte, dass sie ein angenehmes, gesundes Raumklima hatte. Heute sah sie vor allem ihre elektrischen Geräte, mit denen die Küche ausgestattet war.
„Was meinst du damit?", fragte sie noch immer verlegen, während Hugo die Kaffeemaschine beobachtete. „Du hast Gott gesagt und nicht den Göttern", stellte er fest. „Es kamen manchmal Menschen nach Haithabu, die von dem einen Gott sprachen. Ist es der?"
„Ja, das kann sein, nein, das ist so!", korrigierte sie sich. „Wir glauben heute an Gott, sofern wir überhaupt glauben und seinen Sohn, Jesus Christus." „Alle Menschen?", fragte Hugo und sie hörte seine Sehnsucht, dass sie ihm etwas Anderes erzählen würde, in seiner Stimme. „Der größte Teil der Menschen sind Christen. Also nein, der größte Prozentsatz sind Christen, also von denen, die glauben, sind die meisten Christen. Aber es gibt auch noch Menschen, die an die alten Götter glauben", ergänzte sie schnell. „Ach, Hugo, heute ist alles so anders als es bei dir war!"

Sie sah ihren nackten Gast an und fand, dass er Kleidung brauchte. Während sie ihre Bratkartoffeln wendete, betrachtete sie ihn. Er war kräftig gebaut und groß, wenn auch nicht riesig. Ein stattlicher, muskulöser Mann mit drahtigen, rotbraunen Locken und einigen Narben auf seiner glatten, fast haarlosen Haut.

„Pass du mal auf, dass die Kartoffeln nicht anbrennen!", sagte sie und drückte ihm den hölzernen Kochlöffel im Vorübergehen in die Hand. Sie ging in ihr Schlafzimmer und öffnete die Tür ihres Kleiderschrankes. Etwas anderes als eine Jogginghose fand sie nicht, dazu griff sie nach ihrem größten Pullover, einem Erbstück von ihrem Vater, den sie nur trug, wenn Kummer und Einsamkeit Überhand nahmen. Damit eilte sie in die Küche zurück.

Hugo stand vor dem geöffneten Kühlschrank und hielt den Kochlöffel hinein. „Das ist kalt", sagte er zu ihr. „Ist das immer so kalt da drinnen?" „Das ist ein Kühlschrank", antwortete sie und nahm ihm schnell den Kochlöffel aus der Hand, um ihr Frühstück zu retten. Dann reichte sie ihm ihre spärliche Ausbeute an Kleidung. „Etwas anderes habe ich leider nicht."

Er griff danach. „Wie geht das, dass es immer kalt ist?" Frieda dachte nach. „Das ist ein elektrisches Gerät, es braucht Strom", erklärte sie und zeigte auf das Kabel der Kaffeemaschine. Sie zeigte auf die Küchenlampe und den Herd. „Das sind alles elektrische Geräte, die nur mit Strom funktionieren." Dann zuckte sie bedauernd mit den Schultern. „Aber wie genau das funktioniert, das weiß ich nicht."

Er sah sie erstaunt an. „Aus diesen kleinen Dosen kommt Strom", sagte sie und zeigte auf eine Steckdose. „Wenn man ein Gerät daran anschließt, funktioniert es", versuchte sie es noch einmal. „Strom ist so etwas wie Energie oder Kraft, wir müssen das nur nicht selbst machen, es wird woanders gemacht und kommt durch diese kleinen Leitungen zu uns." Hugo betrachtet die Lampe und den Herd, während er in die Jogginghose stieg, die ihm zwar oben herum passte, seine Beine aber nur bis zur Wade bedeckte. „Und du weißt wirklich nicht, wie das funktioniert?", fragte er. Frieda meinte Missbilligung aus seiner knarrenden Stimme zu hören.

„Nein!", antwortete sie. „Das weiß ich nicht so genau, das wissen die meisten Menschen nicht!" „Aber wie kannst du etwas benutzen und nicht wissen, wie es funktioniert?" Frieda seufzte. Sie dachte an ihr Auto, an Flugzeuge und ihr Handy. „Wir benutzen ständig Dinge, von denen wir nicht wissen, wie sie funktionieren", erklärte sie ihm und verteilte die Bratkartoffeln auf den zwei Tellern auf ihrem alten Küchentisch. „Es gibt so unglaublich viele Dinge auf der Welt, die es früher nicht gab", versuchte sie es weiter und schlug die Eier in die Pfanne, „die Menschen können nicht alles wissen oder können. Es gibt immer welche, die etwas Bestimmtes können – aber nie alles. Bei euch gab es doch sicher auch Menschen, die etwas besser konnten, als andere – oder?"

Hugo betrachtete sie nachdenklich. „Aber ich weiß trotzdem, wie es geht", sagte er dann. „Mir scheint das sehr gefährlich, wenn ihr nicht versteht und wisst, was ihr macht. Die, die es können, müssen sehr viel Macht haben!", stellte er dann fest. Die Ränder der Spiegeleier waren knusprig braun und Frieda legte ihm drei auf seine Bratkartoffeln. Sie stellte die Pfanne beiseite und holte Besteck aus der Schublade.

Hugos nackte Arme ragten aus dem Pullover, er griff nach der Gabel und betrachtete sie. Frieda setzte sich ihm gegenüber an den Tisch. „Ja, sagte sie, „Wissen bedeutet auch heute noch Macht!"

Vor mir auf dem Schreibtisch dampft eine Tasse Kaffee. Einmal wieder denke ich an meine Kirche und daran, wie sie Jahrhunderte lang mit ihrem Wissen geizte. Ich denke an Kopernikus, der Domherr war und Astronom und die Erde und damit das Weltbild, die Erde stünde im Mittelpunkt des Universums, beiseite rückte durch seine Forschungen im 16. und 17. Jahrhundert. Und dann erinnere ich mich an Giordano Bruno, der Kopernikus` Forschungen als Grundlage nahm für seine Theorie des unendlichen Weltalls, das unendlich viele Sonnen enthalte. Da er aus seinem Wissen resultierend die heilige Dreieinigkeit abstritt, wurde er im Jahr 1600 als Ketzer auf dem Scheiterhaufen verbrannt. Ich nehme einen großen Schluck Kaffee und lehne mich zurück. Ich denke daran, wie schnell Hugo durchschaut hatte, dass Wissen Macht bedeutet und überlege, aus welcher Motivation meine Kirche, auch wenn ich Protestant bin, so viele naturwissenschaftlichen Erkenntnisse zurückgewiesen hatte. Mit dem heißen Kaffee im Mund komme ich zu dem Ergebnis, dass es dafür nur einen Grund gegeben haben konnte: Die Angst vor dem Verlust der Autorität! Die Angst vor Machtverlust. Ich greife nach meiner Pfeife und stopfe sie mit dem alten Tabak. In wohltuenden Rauch gehüllt, erinnere ich mich auch an Galilei und seinen Schachzug, seine

Lehre auf Italienisch zu veröffentlichen und nicht in Latein und damit einer Mehrheit bekannt und verständlich zu machen. Um nicht ebenfalls auf dem Scheiterhaufen zu brennen, musste er seine Lehre widerrufen.

Frieda spießte einige Bratkartoffeln auf und tunkte sie in das flüssige Gelb ihres Spiegeleis. „Wie heißt das?", fragte Hugo auf die Gabel nickend und dann lächelte er, das erste Mal seit er hier aufgetaucht war, ein wenig und sagte: „Teile deine Macht mit mir, Frieda!" Sie lächelte zurück. „Das ist eine Gabel und nein, ich weiß nicht, seit wann sie gebräuchlich ist. Noch nicht!" Sie zog ihr Handy aus der Hosentasche und gab bei Google „Gebrauch der Gabel" ein. Dann las ihm vor, was dort stand: „Der allgemeine Gebrauch der Gabel begann im 19. Jahrhundert mit dem Beginn der Industriellen Revolution." Während er auf ihr Handy starrte, überlegte sie, wie sie ihm das erklären könnte und beließ es schließlich mit: „Ungefähr neunhundert Jahre nach Andri" bei einer leichten Erklärung.
„Was ist das?", fragte Hugo und zeigte auf das Handy. Frieda sah ihn an. „Nun iss erst einmal, sonst wirst du verhungert sein, bevor ich dir nur ein Tausendstel dessen erklärt habe, was es inzwischen alles gibt!", wehrte sie schließlich die Frage ab.
Er schaute, wie sie die Gabel hielt und stach in seine Bratkartoffeln, die er ebenfalls in das Eigelb tunkte und in den Mund steckte. „Es gab sie auch schon viel früher", sagte sie in Richtung Gabel, „aber die meisten Menschen konnten sie sich nicht leisten. Sie waren früher aus Gold und Silber oder

Elfenbein und das war oder ist sehr teuer. Das konnten sich nur die reichen Menschen kaufen."

Hugo kaute und sie sah, dass ihm ihr Frühstück schmeckte. Dennoch unterbrach er das Essen mit einer neuen Frage: „Bist du reich?" Er schaute sich um. „Gehört das ganze Haus dir? Wohnst du hier alleine? Wo ist dein Mann?" Im hellen Sonnenlicht des Oktobermorgens waren seine Augen so grün. Frieda schluckte ihren Bissen Kartoffeln herunter.

„Ich bin nicht reich, das Haus und der Garten gehören mir, ich wohne hier alleine und ich habe keinen Mann", beantwortete sie dann seine Fragen der Reihe nach. Er sah sie erstaunt an.

„Nicht reich?", hakte er nach und sah sich bedeutsam um. „Nein", erwiderte sie, „nicht reich, reich bedeutet heutzutage etwas ganz anderes. Aber es geht mir gut." Hugo blickte aus dem Küchenfenster in den Garten hinaus. „Das Land da draußen gehört auch dir?" Er stand auf und ging zum Fenster. „Alles? Zeig mir, was dir gehört!" Er wandte sich Richtung Tür. Frieda stand schnell auf und trat hinter ihm in ihren Garten hinaus. Vor der Tür lag Jamie auf seiner Decke. Er freute sich über die Gesellschaft und beschnüffelte Hugos Hosenbeine. Hugo und Frieda standen nebeneinander und sie hob den Arm und zeigte ihm, wo die Grenze ihres Grundstücks verlief. Der Garten, den sie bewirtschaftete, war mit einem Holzzaun eingegrenzt, die Koppel, die noch dazu gehörte, umfasste diesen Garten und war durch einen Stachelzaun geschützt. Das Gras der Wiese war hochgewachsen und mit Disteln verwildert. Wenn die Sonne eine Wolkenlücke fand, ließ sie die Regentropfen daran funkeln. Der Garten war gemäht und ziemlich ordentlich. Im Kaufvertrag stand, dass es ungefähr zwei Hektar waren. Der Garten war knapp ein halber, einige Obstbäume und Sträucher standen vereinzelt darin.

„Das ist fast so viel, wie das Land auf dem ganz Haithabu stand", sagte er schließlich. Frieda war verlegen. „Ja, es geht mir gut", antwortete sie und merkte plötzlich selbst, wie gut es ihr ging und einer plötzlichen Eingebung folgend, streckte sie ihre Hand aus und nahm seine in ihre.

„Wie kommst du dazu?", fragte er sie und hielt ihre Hand fest. „Ich habe es mir gekauft", antwortete sie ihm. „Vor ungefähr einem Jahr bin ich aus meiner Heimat weggezogen. Ich hatte eine Apfelplantage, die ich verkauft habe und dann bin ich hierherkommen. Während ich auf den Makler wartete, den Verkäufer", vereinfachte sie ihre Aussage, „bin ich in den Wald gegangen und habe den Grabhügel gesehen." Sie erinnerte sich genau an dieses unbeschreibliche, innige Glücksgefühl. „Irgendwie hat er mich angezogen, ja, glücklich gemacht. Ich kann nicht erklären und nicht beschreiben, was für ein Gefühl das war. Danach habe ich dieses Haus gekauft, obwohl ich das Land nicht brauche und nicht weiß, was ich damit tun soll."

„Du bist reich!", versicherte Hugo ihr und ließ seine Augen über den Besitz schweifen. „Reich ist relativ", sagte Frieda. „Es gibt Menschen und Institutionen, die haben so unglaublich viel mehr Geld als ich. Unvorstellbar viel Geld. Aber im Moment", sie drückte seine Hand fester, „fühle ich mich, als sei ich die reichste Frau auf Erden."

Obwohl mir der Arzt geraten, wenn er könnte, hätte er es mir auch verboten, hatte, Kaffee zu trinken, ganz zu schweigen von Portwein und Tabak, schenke ich mir eine weitere Tasse Kaffee ein. Ich denke an den Reichtum, den unermesslichen Reichtum einzelner Menschen und Institutionen, von dem Frieda Hugo erzählt hatte. Natürlich wusste ich, an welche Institution sie hauptsächlich gedacht hatte. Eine Institution, der auch ich angehöre und von der ich meinen monatlichen Lohn empfange. Eine gigantische Zahl geistert durch meinen Kopf: 435 Milliarden Euro. Ich überlege. War das das Gesamtvermögen? Ich verbinde diese Zahl nur mit Deutschland. Kann das sein?

Frieda zog Hugo wieder ins Haus hinein. Sie fror und hatte immer noch Hunger. Besonders viel gegessen hatte sie auch noch nicht. Sie setzten sich wieder auf ihre Plätze, Jamie war ihnen gefolgt und legte seinen Kopf auf Hugos Oberschenkel. Mit den Augen verfolgte er jede Bewegung, hoffend, dass der Mann ungeschickt sei und etwas von der Gabel glitt.
„Möchtest du neuen Kaffee?", fragte Frieda und nickte in Richtung Hugos Tasse. „Deiner muss kalt geworden sein."
„Ja", sagte Hugo. „Ich weiß zwar nicht, was Kaffee ist, aber ich möchte etwas trinken." Frieda stutzte und überlegte. Seit wann wurde Kaffee getrunken? Während sie aufstand, um den kalten Kaffee auszuschütten und neuen einzuschenken, dachte sie nach. Aber genau wie bei der Gabel war sie auf Beistand aus dem Internet angewiesen. Sie wusste nicht, wann das Kaffeetrinken nach Europa gekommen und gebräuchlich geworden war.

Während sie schnell bei Wikipedia nachlas, nahm Hugo seinen ersten Schluck. „Das schmeckt bitter", stellte er fest. „Bitter, aber irgendwie gut."
„Kaffee wird so gerne getrunken, weil er eine anregende Wirkung hat. Das bedeutet, dass er einen wachhält oder morgens munterer machen kann. In Europa gebräuchlich wurde er im 17. Jahrhundert, also circa siebenhundert Jahre nach dir. Vielleicht schmeckt er dir mit etwas Milch und Zucker besser?" Fragend sah sie ihn an. „Milch kenne ich", antwortete Hugo, „aber ich weiß nicht, was Zucker ist."

3.

Während Frieda und Hugo weiter frühstücken, denke ich ein wenig über Frieda nach. Meine Religion fordert uns auf, unsere Nächsten wie uns selbst zu lieben. Frieda hat mit Hugo nun schon das zweite Mal in ihrem Leben einen fremden Menschen bei sich aufgenommen. Ich staune darüber, wie mutig – oder ist es naiv? – sie diesen Menschen einen Platz bei sich gegeben hat. Oder vielleicht ist es besser zu sagen, mit welch hoher Akzeptanz sie nun das zweite Mal einem Menschen ihr Herz schenkt, der unter seltsamen Umständen in ihr Leben getreten ist. Obwohl es Hugo ist, der aufgrund seiner Herkunft Rätsel aufgibt, empfinde ich Frieda ebenfalls als rätselhaft. Den Gedanken an Frieda verstärke ich mit einem weiteren Schluck Kaffee, der heiß und belebend durch meine Kehle läuft. Weder Oberflächlich- noch Gedankenlosigkeit sind Eigenschaften, die ich ihr zuordnen würde. Was ist es aber, was sie so handeln, was

sie nahezu fraglos akzeptieren lässt, was sich Seltsames in ihrem Leben ereignet?
Noch weiß ich es nicht!

Während Frieda das Frühstücksgeschirr beiseite räumte, begann Hugo, die Plastikverpackung des Käses in der Hand, unruhig hin und her zu rutschen.
„Ich muss mal", sagte er schließlich und sah Frieda fragend an. Wie schnell er lernt, dachte Frieda und sagte: „Komm mit!" Sie begleitete ihn zum Bad, erklärte ihm die Toilette und zeigte ihm das Klopapier. Zurück in der Küche dachte sie an so einige Männer, die sie kennengelernt hatte. Ganz besonders dachte sie an die Jägerfreunde Johnny Walkers, die Männlichkeit und wahres Jagdtum mit primitiver Anwendung archaischen Brauchtums verwechselten und deren Selbstwertgefühl nur durch die Waffe in ihrer Hand entstand.
Macht, dachte sie, während im Bad schon wieder die Klospülung rauschte, immer wieder dreht sich alles um Macht, aber noch während sie an schwellendes Männerbewusstsein dachte, erinnerte sie sich, auch ihre Pferdestärken schon genutzt zu haben, um anderen ihre Macht zu beweisen, besonders, wenn sie wütend oder in ihrem Selbstwertgefühl verletzt war.
Im Bad erklang erneut die Wasserspülung. Er ist so selbstbewusst, dass er sich auch schwach zeigen kann, ging es ihr durch den Kopf, während sie die Bratpfanne abwusch, aber auch er hatte bis jetzt mit der Waffe in der Hand gelebt.
„Wie geht das?", fragte Hugo, als er mit blau leuchtenden Augen zurück in die Küche kam. „Oder weißt du das auch

nicht?" „Doch", lachte Frieda, „das weiß ich! So ungefähr", ergänzte sie, als ihr einfiel, dass sie eigentlich, außer, dass es durch Wasserdruck funktionierte, doch nicht so viel darüber wusste.

Hugo trat ans Fenster und schaute hinaus. „Was ist das da hinten?", fragte er. „Das ist die Garage, dort stehen mein Auto und noch ein paar andere Sachen!"

„Zeigst du es mir?"

„Ja, klar! Gerne." Diesmal zog sie sich eine Jacke an und betrachtete bedauernd Hugos halbnackte Arme und Beine. Erneut gingen sie hinaus. Im Garten blieb Hugo stehen und betrachtete die weite, offene Landschaft Angelns, auf die er aus Friedas Garten einen schönen Blick hatte.

„Es sieht jetzt ganz anders aus", sagte er. „So wenig Wald und so viele Wiesen und Felder."

„Heute leben viel mehr Menschen auf der Erde als damals", erklärte Frieda.

Hugo ging nicht zur Garage, sondern setzte sich auf die weiße Holzbank auf ihrer Terrasse, die sie noch nicht in ihren Schuppen geräumt hatte. Schweigend setzte Frieda sich dazu und betrachtete ihn von der Seite. Sein Gesicht war ruhig und verschlossen, die Augen waren so fern, wie der blassblaue Oktobermorgenhimmel. Er trauert, dachte Frieda. Natürlich trauert er. Obwohl er erst gestorben und dann auferstanden war, musste es für ihn sein, als sei nicht er, sondern als seien seine ganze Familie, seine Freunde – als sei seine ganze vertraute Welt gestern gestorben. Sogar die Wälder, durch die er gestreift war, alleine oder mit seinen Freunden, waren verschwunden. Stattdessen lagen jetzt kahle Hügel vor ihm, manche nackt und braun, andere mit kurzem grünen Gras bedeckt.

Frieda ging ins Haus zurück und holte eine warme Decke, sie setzte sich dicht neben ihn und legte sie um ihre Schultern.

„Es muss ein Geschenk sein", sagte sie leise.

Ich lasse Frieda und Hugo in Ruhe auf ihrer Bank sitzen. Was die beiden erlebt haben, übersteigt jegliches Vorstellungsvermögen – meines auf jeden Fall. Frieda nutzte das Wort Auferstehung in ihrer Erzählung. Ich seufze. Kaffee darf ich nun nicht mehr trinken, aber der Blick auf die Uhr verbietet es, über Alkohol auch nur nachzudenken. Es ist gerade einmal früher Nachmittag. Dennoch mag ich meine Pfeife nicht trocken rauchen. Also überlege ich weiter, welches Getränk nun geeignet ist. Ich entscheide mich für einen Tee.

Aus der Küche zurück, dampft nun ein Becher schwarzer Tee vor mir. Als ich die Teebeutel aus der Speisekammer holte, fiel mein Blick auf eine Flasche Rum, die dort verstaubte. Jetzt duftet es kräftig aus meinem Becher und beim Umrühren klirren die Kandisklümpchen gedämpft.

Erst lasse ich mich von dem Duft, dann von dem Geschmack berauschen. Auferstehung! Jesus Christus ist drei Tage nach seiner Kreuzigung auferstanden und hat sich seinen Jüngern gezeigt. Und Auferstehung erhoffen und lehren verschiedene Religionen. Die einen mit der Vorstellung einer unsterblichen Seele, die anderen mit Reinkarnation – also der Wanderung oder Wiedergeburt der Seele in einen anderen sterblichen Körper. Ich seufze erneut und nehme

einen großen Schluck Tee. Beides trifft auf Hugo nicht zu. Oder genau genommen, ich ziehe jetzt sehr kräftig an meiner Pfeife und nehme einen sehr großen Schluck, trifft beides auf Hugo zu. Meine Hände zittern.
Seine unsterbliche Seele ist in einem sterblichen Körper, seinem eignen, wiedergekommen.
„Es muss ein Geschenk sein", hatte Frieda zu Hugo gesagt. Mit dem Pfeifenrauch wabert ein Gedanke vor mir durch die Luft. Vielleicht, ja, vielleicht könnte es sein, dass dieses Geschenk noch viel unvorstellbar größer ist als sie, als ich es bisher vermutete. Hugos Auferstehung lässt sich weder der einen, noch der anderen Religion zuordnen. Aber beiden!

Frieda hatte ihren Kopf an Hugos Schulter gelegt. „Dieses Geschenk tut sehr weh", hatte Hugo geantwortet. Nun saßen sie schweigend beieinander.
„Ich weiß", sagte sie nach einer Weile und sie wusste es wirklich gut, dass dieses Geschenk, was so viel Abschied enthielt, weh tun musste. Abschiede waren ihr Spezialgebiet. Nach weiteren Minuten des Schweigens fragte Hugo: „Wieso weißt du das?"
„Meine Mutter hat uns verlassen, als ich noch ein Mädchen war, mein Vater ist gestorben, als ich gerade keins mehr war und der Mann, mit dem ich mein Leben verbringen wollte, verließ mich in der Nacht, als wir gerade unseren Traum zu verwirklichen begannen und dann habe ich alles verkauft, hinter mir gelassen und bin hierhergekommen. Hier wohne ich jetzt seit einem Jahr ganz alleine."

Ich muss die zwei schon wieder unterbrechen. Während ich überlege, ob Frieda bewusst oder unbewusst nicht ganz die Wahrheit erzählte, rühre ich in meinem Tee. Mir hatte sie gesagt, dass sie auf der Suche nach diesem Mann nach Angeln gekommen war, der sie genauso überraschend verlassen hatte, wie er in ihr Leben gekommen war, von dem sie nichts anderes wusste, als dass er aus Flensburg stammte. Hinter mir gelassen, stimmte also nicht ganz. Ich trinke den lauwarmen Rest aus meinem Becher. Es ist eine interessante Sache mit dem Betrug und Selbstbetrug. Hatte sie sich oder Hugo belogen? Und warum? Vielleicht wollte sie Hugo nicht mit der Existenz eines anderen Mannes verunsichern. Vielleicht!

Hugo dachte eine Weile nach. „Hast du gar niemanden? Keine Familie? Bist du wirklich ganz alleine?"
„Nein, nein, ja! Das heißt, ich habe einen Cousin, den Sohn meines Onkels in Amerika, aber mit dem habe ich selten Kontakt."
„Amerika ist wohl weit weg?", murmelte Hugo. „Ich zeige es dir!" Frieda war auf eine Idee gekommen, wie sie Hugo ein wenig ablenken könnte. Sie lief ins Haus, in ihr Arbeitszimmer und fuhr mit dem Zeigefinger die Buchreihen ihrer vielen Bücherregale entlang, bis sie gefunden hatte, was sie suchte. Schnell pustete sie den Staub von dem Buchrücken und ging mit dem Atlas zurück in den Garten. Sie setzte sich neben Hugo und zog die Decke über ihre Schultern, bevor sie die Seite mit der Weltkarte aufschlug.

„Schau, das ist Amerika!" Sie fuhr mit ihrem Finger über die Konturen des amerikanischen Kontinents. Hugo betrachtete die Karte interessiert. „N-O-R-D-A-M-E-R-I-K-A", buchstabierte er. „Das muss Vinland sein", staunte er dann. „Vinland?", fragte Frieda. „Ja, Vinland! Wir hörten, dass Leif Eriksson ein Land weit westlich von Island gefunden hat." „Island ist hier", zeigte sie ihm. „Das muss es sein!" Seine Stimme klang aufgeregt. „Es gibt es wirklich!" Hugo betrachtete die Karte aufmerksam. Seine Zeigefinger glitt vorsichtig über das Papier die Ostküste der Vereinigten Staaten entlang. „Wie genau die Karte ist." „Oh ja! Die Karten heute sind sehr genau. Schau hier! Das ist Europa und hier sind wir." Sie zeigte auf Schleswig-Holstein. „Hier unten ist Afrika, da wo der Kaffee ursprünglich herkommt!" Sie überlegte, ob er schon von diesem Kontinent gehört haben konnte. „Das muss dort sein, wo die Mohren herkommen", stellte er fest. „Ich habe einmal in Rungholt auf dem Sklavenmarkt welche gesehen."

Als Hugo Frieda vom Sklavenhandel und seinen größten Stützpunkt im Norden, der Stadt Rungholt, erzählt, bleibt es nicht aus, dass ich erstens: Leise beginne, vor mich hin zu summen „Heute bin ich über Rungholt gefahren, die Stadt ging unter vor sechshundert Jahren", zweitens: Mir einen weiteren Tee hole und meine Pfeife stopfe und mich drittens: Daran erinnere, was die Kirche zum Sklavenhandel sagt: Es war Papst Nikolaus V., der im 15. Jahrhundert den Sklavenhandel in einer Bulle legitimierte und forderte, die Länder der Ungläubigen zu erobern und ihre Bewohner in ewige Knechtschaft zu zwingen. Eine Knechtschaft, die

Sklaverei oder Leibeigenschaft meinte. Eine einträgliche Angelegenheit, meine Pfeife dampft, wie eine alte Lok, die dem Kloster St. Gallen zeitweise über 2000 günstige Arbeitskräfte beschaffte.

Um den heißen Tee schneller trinkbar zu machen, habe ich etwas mehr kalten Rum hineingegeben. Der Duft ist ganz wunderbar, aber der Geschmack ist unübertrefflich.

Liebe deinen Nächsten wie dich selbst, denke ich, während der Dampf des Grogs in meine Nase und Augen steigt. Meine Augen tränen. Eigentlich müsste es: Liebe deinen christlichen Nächsten wie dich selbst heißen, denke ich weiter, denn das Los der „Ungläubigen" kennen wir ja, während ich mit dem Löffel für Aufruhr in meinem Becher sorge und immer mehr Tränen aus meinen Auge strömen.

Beim nächsten Schluck fällt mir ein, dass Menschen anderer Hautfarbe in der kirchlichen Schlange auch ganz hinten stehen. Wie sonst wäre es zu erklären, dass christliche Weiße christliche Schwarze in Unterdrückung, Ausbeutung und Apartheid gedrängt haben? Ich korrigiere mich zu: Liebe deinen christlichen, weißen Nächsten wie dich selbst!

Nun ist es aber so, dass mir, kaum dass ich an die einen Benachteiligten denke, sofort weitere einfallen. Diesen Gedanken begleitet ein tiefer Zug an meiner Pfeife, der bis in die Lunge reicht. Ich huste und huste, weitere Tränen quellen aus meinen Augen. Sowohl das Alte als auch das Neue Testament beschreiben Frauen als Besitz des Mannes. Also korrigiere ich meinen Gedanken. Liebe deinen christlichen, weißen, männlichen Nächsten wie dich selbst.

Hustend und weinend kommt mir der Gedanke, dass ich diese Ergänzungen so lange fortführen könnte, bis sich die

Reihe der Adjektive zu einem adjektivfreien Satz fügt: Liebe nur dich selbst!
Ach, Frieda! Warum nur bringt mich deine Geschichte immer von deiner Geschichte ab? Ich höre mich selbst seufzen.

Frieda und Hugo beugten ihre Köpfe gemeinsam über den Atlas, blätterten durch die Seiten und gelangten schließlich zu einem Kartenblatt von Schleswig-Holstein.
„Hier sind wir", zeigte Frieda auf einen Punkt, nahe des Ortes Sterup. Hugo betrachtet die Karte und Frieda sah, dass sich seine Augen in Richtung der Schlei bewegten.
„Und hier ist Schleswig", half sie ihm und dann zeigte sie auf das, was er suchte, „und hier, am Haddebyer Noor liegt Haithabu."
„Haithabu gibt es noch?" Seine Stimme klang aufgeregt.
„Naja", antwortete sie vorsichtig. „Nicht so, wie du es kennst. Es ist ein Museum. Ein Ort, an dem man sich anschauen kann, wie die Menschen früher gelebt haben. Dort wohnt niemand. Aber es stehen dort einige Häuser, die euren Häusern nachgebaut sind und die man sich ansehen kann. Es gibt dort Dinge, die gefunden wurden und die aus deiner Zeit stammen."
Hugo schwieg. „Zwei Tage", sagte er dann. „Ich schätze, wir brauchen zwei Tage!" Sie hörte sein schnelles Atmen und sah, wie sich seine Brust so schnell, wie nach einem anstrengenden Lauf, hob und senkte. Er sah sie an. Meergrün, himmelblau.
„Du möchtest mit mir nach Haithabu?" Frieda sah das Drängen in seinen Augen. Sie kam sich schon dumm vor,

als die Frage gestellt war – natürlich wollte er nach Haithabu. „Dafür brauchen wir keine zwei Tage", sagte sie und lächelte ihn an. „Dafür brauchst du andere Kleidung!" Sie stand auf und zog ihn von der Bank mit sich ins Haus, ins Wohnzimmer, wo sie sich nebeneinander auf die Couch setzten. Frieda griff nach ihrem Notebook.

„Ich weiß nicht, wie das funktioniert, aber ich weiß, was ich damit machen kann", griff sie seiner Frage vor. „Herrenbekleidung", gab sie ein und vor Hugos staunenden Augen öffnete sich die Welt des Konsums. „Unterwäsche, Socken, Hosen, Hemden, Pullover, T-Shirts, Jacken, Schuhe", zählte sie sich auf, was Hugo brauchte. Sie zeigte ihm die Auswahl an allem, was sie ihm bestellen wollte und sie zeigte ihm, wie die Menschen sich heute kleideten. Und dann wanderte ihre Auswahl in den Bestellkorb: Zehn Paar Socken in Schwarz, in Grau und in Braun, zehn Slips und fünf Unterhemden, vier Hosen und vier Hemden, vier Pullover, vier T-Shirts, zwei Jacken und zwei Paar Schuhe. Und ein Schal, eine Mütze und Handschuhe. 1830 Euro. Jetzt bestellen. Frieda klickte es an. Hugo sah ratlos aus.

„Das bringt die Post oder ein Lieferservice in den nächsten Tagen", erklärte sie ihm. „Vorher kannst du jedenfalls nirgendwo hin." „Wie geht das?" Frieda zuckte die Achseln. Dann kam ihr eine Idee. Diesmal suchte sie Bücher. Geschichte und Biologie. Geschichte war schnell erledigt. Ein Buch über die Zeit von Jesus Christus bis heute, kompakt, nicht zu detailliert. Biologie war schwerer. Sie beschloss, Hugo ein Jugendbuch über die Evolution zu kaufen. Warenkorb. Jetzt bestellen. Anklicken.

Es klingelt an Tür. Ich habe etwas getan, was ich noch nie getan habe. Ich habe bei einem Lieferservice angerufen und mir eine Pizza bestellt. Kurze Zeit später sitze ich vor meinem Papier und halte gleichzeitig ein Stück Thunfischpizza in der Hand. Die ölige Pizza tut mir gut. Der Schwindel in meinem Kopf lässt nach. Ich denke an Charles Darwin. So lange hatte er gezögert, seine Erkenntnisse über die Entwicklung der Arten zu veröffentlichen. Als er es endlich tut, schreibt er einem Kollegen: „Die Theorie zu veröffentlichen, ist so, als würde man einen Mord begehen (…) Sicher werden sie mich am liebsten kreuzigen."

Das ist ungefähr 150 Jahre her. Gekreuzigt haben sie ihn nicht, aber noch Papst Benedikt XVI. behauptete, dass „Die Evolutionstheorie (…) im Labor nicht nachstellbar und deswegen letztlich nach heutigen wissenschaftlichen Kriterien nicht beweisbar (sei).

Dabei fällt mir schaudernd ein, gelesen zu haben, dass fundamentalistische Christen dazu übergegangen sind, eigene Schulbücher zu drucken, in denen sie die Theorie Darwins zu einer Ideologie herab schmähen. Immerhin eine Theorie, für die es eine überwältigende Zahl an Belegen gibt. Mir fällt auch ein, gelesen zu haben, dass die Mehrheit der Briten an der Evolution zweifelt und ungefähr 40 Prozent den Glauben, dass ein Schöpfergott in natürliche Entwicklungen eingriffen habe, im Schulunterricht vermittelt haben wollen.

Dass der Mensch von Tieren abstammt, scheint vielen Menschen ein unmöglicher Gedanke zu sein. Warum eigentlich? Ich beende mein Essen im Rauch meiner Pfeife: Die Marke heißt „Auenland" und es riecht nach Drachen, Zwergen und Zauberern.

4.

Einige Tage später standen Hugo und Frieda vor der Garage. Amazon hatte geliefert und Hugo trug eine hellbraune Breitcordhose, die Jeans fand er unbequem, dunkle, rustikale Lederhalbschuhe, die fand er auch unbequem, ein hellblaues Oberhemd, dessen Kragen ihn am Hals störte und einen dunkelbraunen Wollpullover. Seine Jacke hielt er in der Hand. Frieda fand ihn sehr ansehnlich. Sie öffnete die Kofferraumklappe ihres Volvos und Jamie sprang elegant hinein.
Bis jetzt hatte sie Hugo ihren Wagen nur im Stillstand gezeigt – solange Hugo eine zu kurze Jogginghose und einen zu kleinen Pullover trug, wollte sie nicht durch die Gegend fahren und in Gefahr laufen, seine ausweislose und nahezu unbekleidete Existenz erklären zu müssen. Hugo wusste aber ungefähr, was nun geschehen würde und seine Augen leuchteten unternehmungslustig. Er freute sich auf die Autofahrt und auf Haithabu, obwohl Frieda ihn immer wieder gewarnt hatte, keine großen Erwartungen zu haben. Sie stiegen ein, Frieda ließ den Motor an und legte den Rückwärtsgang ein. Dann verließen sie das Grundstück und nahmen Fahrt auf.
Aus den Augenwinkeln sah sie, dass Hugo sich an der Tür festhielt und seine Beine in den Fußraum stemmte. Die weite, hügelige Angelner Landschaft zog an ihnen vorbei.

„Pass auf!", schrie er. Ein kleiner LKW kam ihnen auf der Landstraße entgegen. „Ich mache das schon seit einigen Jahren", sagte sie, während die Fahrzeuge an einander vorbei glitten. „Das ist normal so!" Sie lachte über Hugos schreckgeweitete Augen und die Schweißperlen auf seiner Stirn. Und sie beschloss, einen Umweg zu nehmen und bei Tarp auf die A7 zu fahren.

„Boah, ist das schnell!", keuchte Hugo neben ihr, „das möchte ich auch können!" Begeisterung und Furcht klangen aus seiner Stimme. Frieda sah auf den Tacho: 90km/h! Sie fuhr so sachte, wie es nur ging, ohne aufzufallen und andere Fahrer zu Unvorsichtigkeiten zu verleiten.

„Wie lange kannst du das machen?", fragte Hugo und blickte auf die Straße vor sich und nur selten aus dem Seitenfenster. Seine linke Hand umklammerte den Griff in der Tür, die rechte sein rechtes Knie.

„Bis der Tank leer ist und ich müde bin", antwortete sie und blickte auf das Display, das ihren Tankstand verriet. Beruhigende 560 Kilometer wurden angezeigt, die sie noch fahren konnte. „Bist du müde bist? Du machst doch gar nichts! Was ist ein Tank?"

„Ein Auto braucht Energie, genauso wie ein Pferd oder ein Ochse fressen muss, das bekommt es in Form von Benzin, einer Flüssigkeit, die in den Tank kommt und beim Fahren verbraucht wird. Wenn der Tank leer ist, bleibt das Auto stehen. Ich muss also rechtzeitig an eine Tankstelle, an einen Ort, wo es Benzin gibt."

„Woher weißt du, wann der Tank leer ist?" Frieda zeigte ihm das Display und die verschiedenen Angaben, die sie abrufen konnte. „Wie weit kommst du mit einer Tankfüllung?"

„Das kommt darauf an, wie schnell ich fahre. Wenn ich schnell fahre, trinkt das Auto mehr, als wenn ich langsam fahre. Wer schnell läuft, der viel säuft. Ungefähr 1000 Kilometer." Sie überlegte gerade, wie sie ihm eine Entfernung von 1000 Kilometern erklären könnte, als er sie fragte: „Wie weit ist das?" Sie seufzte. Welchen Ort würde er kennen, der nicht zu weit entfernt war und doch nicht zu nah, um die große Distanz zu erläutern. „Hamburg!", sagte sie dann. Ich könnte ungefähr drei Mal nach Hamburg und zurück fahren. Hamburg ist eine große Stadt an der Elbe, eine sehr, sehr große Stadt." „Hamburg", wiederholte er, dann lachte er auf, „du meinst Hammaburg!"

„Hammaburg haben wir geplündert und gebrandschatzt", erklärte er ihr. „Eine reiche, große Stadt. Also nicht ich", fuhr er bedauernd fort, „sondern meine Vorfahre Ragnar. Wir singen noch immer Lieder davon." Frieda fuhr die Autobahnauffahrt bei Tarp hoch und warf einen kleinen Seitenblick auf ihren Gast in Breitcordhose, dessen Gesichtsausdruck versonnene Erinnerung zeigte. „Wie lange brauchst du mit dem Auto nach Hammaburg, äh, Hamburg?", fragte er dann. Frieda rieselte etwas Kälte den Rücken hinab, als sie dachte, dass Hugo gerade überlegte, wie viel schneller und effektiver ein Raubüberfall mit Autos gelingen könnte, als mit den kleinen Drachenbooten, die die Elbe hinauf gesegelt waren. Aber auch der war ja offensichtlich sehr erfolgreich gewesen.

„Wenn nichts dazwischen kommt ungefähr neunzig Minuten", antwortete sie schließlich und drückte das Gaspedal durch. Sie liebte diesen kurzen Moment, wenn der Turbo sich einschaltete und die Beschleunigung sie in ihren Sitz presste. Aus den Augenwinkeln schielte sie zu Hugo. „Boah, uuuuuuh, oooh", schnaufte es neben ihr. Frieda sah seine Fingerknöchel weiß hervortreten, während er den Türgriff umklammerte. Schnell verriegelte sie die Türen von innen, damit er nicht aus Versehen den faschen Griff nutzte, blickte in die Rückspiegel, setzte den Blinker und schoss auf der linken Spur an einer Reihe anderer Wagen und LKW vorbei.

„Wir fliegen", keuchte er. „Das ist unglaublich. Wir fliegen. Boah!", jauchzte er. Sie ließ ihn staunen und gab weiter Gas, die kurze Strecke bis Schleswig nutzend.

Bei Schleswig verließ Frieda die Autobahn, umfuhr das Ende der Schlei und auf der B76 in Richtung Eckernförde bis zu dem Hinweisschild kam, das den Weg zum Parkplatz von Haithabu wies.

„Wir sind gleich da", sagte sie zu Hugo, der sich beim Anblick der Schlei gespannt nach vorne beugte. Sie rollte auf den Parkplatz, stellte den Motor aus und schaute Hugo an. „Bist du bereit?" Er schwieg, nickte aber. Jamie sprang aus dem Kofferraum. Frieda nahm ihn an die Leine. „Lass uns hier entlang gehen", schlug sie vor und wählte den Wanderweg, der das Noor umrundete, erst am Restaurant Odins vorbei, der B 76 folgend und dann nach rechts in den Wald und die hohe Uferböschung hinaufführte. Dort ließ sie Jamie frei, der prustend sein übliches Bad an dem kleinen Sandstrand nahm. Hugo ergriff ihre Hand und sie gingen zusammen den Pfad hinauf, durch die alten Eichenwälder, der weiter hinten einen schönen Blick über das Noor

und Haithabu bot. Frieda hatte überlegt, dass es besser sei, Hugo von weitem zu zeigen, dass Haithabu nur noch aus wenigen Häusern bestand.
Sie gingen schweigend. Hugo schnaufte ein bisschen. Er hatte den Kopf ein wenig nach vorne gestreckt als könne er es nicht erwarten, um die nächste Ecke, den nächsten Baum zu kommen und endlich Haithabu zu sehen. Hin und wieder gaben die Bäume den Blick auf das unten im Sonnenschein liegende, glitzernde Noor frei. In der Nacht hatte es gefroren, ein großes Funkeln lag über der Landschaft. So gingen sie eine Weile, ohne jemandem zu begegnen und ohne die Ruhe zu stören. Frieda genoss den Spaziergang mit Hugo an ihrer Seite und an ihrer Hand. Sie schwiegen beide. Schließlich kamen sie an die Stelle, an die Frieda gedacht hatte. Sie lag direkt gegenüber des Museumsdorfes. Sie standen und blickten hinüber. Frieda auf das, was ihr vertraut war und Hugo auf das, was aus seiner Heimat geworden war. Für ihn muss es sein, als sei es gestern gewesen, dachte Frieda. Und jetzt das.
„Es ist, als sei ich gestern noch da gewesen," sagte er. „Als Kinder sind wir oft hier rüber geschwommen und durch diese Wälder gestreift. Es ist so vertraut und gleichzeitig ist es so fremd." Dann schwieg er und betrachtete das Noor mit den wenigen reetgedeckten Häusern und dem hölzernen Steg, der sich in das funkelnde Wasser erstreckte, auf der anderen Seite. Frieda schwieg mit ihm. Jamie schnüffelte durch das herabgefallene Laub und lief schließlich, als das Schweigen und Schauen zu lange dauerte, die Böschung hinab und nahm ein weiteres Bad im kalten Wasser. Frieda wartete, dass ihr Hugo nun noch mehr von seinem

Leben in der Wikingersiedlung erzählen würde, aber sein Schwiegen hielt an. Er hatte seine Augen unverwandt auf die Häuser gerichtet. Vielleicht standen sie genau dort, wo er gewohnt hatte. Frieda wusste nicht, ob sie ihn fragen oder warten sollte, dass er es ihr von alleine erzählte. Endlich wandte er sich zu ihr: „Ich möchte dort nicht hingehen", sagte er. Frieda sah ihn an und nickte. Sie wollte auch nicht zurück nach Hessen und sehen, was ihre Nachfolger aus ihrer Apfelplantage gemacht hatten. Noch nicht. Vielleicht nie. Sicherlich nicht in 1000 Jahren.

„Lass uns gehen!", schlug sie vor. Gemeinsam und schweigend gingen sie den Pfad zurück. Während sie auf das „Odins" zuschritten, kam ihr eine Idee. „Hast du Hunger?", fragte sie. „Ja", antwortete er, „warum?" „Wir könnten etwas essen gehen", schlug Frieda vor und deutete auf das Restaurant. „Hier wird gut und regional gekocht", fuhr sie fort. „Ich gehe sehr gerne hier her."

Zu dritt betraten sie das Restaurant und gingen durch den Schankraum, der vor den hinteren Speisesälen lag. Frieda grüßte die Anwesenden mit einem kurzen „Moin" und Hugo machte es ihr nach. Im Kamin prasselte ein großes Feuer, der Raum war gut gefüllt. Während sie auf einen der wenigen freien Plätze zugingen, schien es Frieda, als richteten sich die Blicke der Anwesenden auf sie. Auf sie und Jamie, das war sie gewöhnt, aber die Blicke auf Hugo irritierten sie. Sie überlegte, ob sie es sich einbildete und auch, ob die winzige Stille, die das lebhafte Plaudern unterbrach, nur in ihrem Kopf gewesen war. Sie rutschte schnell auf die Bank, auf der Schaffelle ausgebreitet waren und gemütliche Urwüchsigkeit vermittelten.

Da es inzwischen dunkel geworden ist, denke ich, dass etwas Alkohol legitim ist. Während ich mich in meinem vollgestopften Arbeitszimmer umsehe, bemerke ich, dass es mir nicht gefällt, dunkel und kühl wirkt. Schnell entschlossen nehme ich meine Papiere und den Füller und gehe in das Wohnzimmer. Bis gerade eben habe ich Arbeit und Freizeit immer getrennt und keine Unterlagen mit in den Feierabend genommen. Friedas Geschichte durchbricht dieses Ritual. Ich nehme ein paar Holzspäne und einen Ofenanzünder aus dem Korb. Schnell entzünde ich ein Feuer in meinem Kaminofen und rücke den Couchtisch näher an den Ofen. Eine gute Flasche toskanischen Rotweins passt jetzt.

„Was möchtest du trinken?", Frieda schaute auf Hugo, der sich auf den Stuhl gegenüber setzte. „Ein Glas Rotwein?" Seine Stimme klang fragend. „Okay, ich nehme ein Bier, ich muss noch fahren!" Sie bestellte die Getränke beim Kellner und nahm die Speisekarten entgegen. Sie sah, dass Hugo die Menschen, den Raum, die Bilder an den Wänden betrachtete. Es war sein erster Ausflug in das öffentliche Leben im 21. Jahrhundert.
Obwohl sie es ihm anders gezeigt hatte, leerte Hugo sein Glas Rotwein mit einem durstigen Zug. Sie nippte an ihrem Bier, während sie auf den Rehbraten warteten, den sie für ihn und sich ausgesucht hatte.
„Der Wind bläht unsere Segel mit dem Zischen tausender Schlangen. Das schnelle Klatschen der Ruderblätter ist unser Herzschlag. Mit Schwert und Axt in der Hand warten wir auf das Knirschen des Bugs auf dem Kies. Jetzt! Wir

springen über Bord und rennen über den Strand. Alarmrufe gellen. Sie treiben uns an. Frauen kreischen, Kinder heulen. Wir stürmen voran. Wir schreien dem Schreien entgegen – wie eine riesige Welle rollen wir über das Dorf. Waffen fauchen durch die Luft. Immer weiter voran. Klingen schmatzen durch zuckende Leiber. Stöhnen und Schreien. Die Luft schreit. Menschen stöhnen. Blut dampft aus geschundenen Körpern."

Frieda starrte auf Hugo, der ihr gegenüber Messer und Gabel drohend emporstreckte, die Augen in die Vergangenheit gerichtet, mit knurrender Stimme erzählte, was er dort sah. Jamies Fell sträubte sich und auch er knurrte leise. In wenigen Sekunden sah sie, wie Hugos freundliches Gesicht die Konturen veränderte, streng und grimmig, die Lippen schmal und hart wurden. Die feinen Härchen ihres Körpers richteten sich auf. Hugos Brust hob und senkte sich. Jamie knurrte weiter unter dem Tisch. Ihr Herz pochte.

„Bravo!," tönte es vom Nachbartisch und einige Gäste begannen zu klatschen. Frieda zwang ein Lächeln in ihr Gesicht und klatschte ebenfalls leise ihre Hände ineinander. Hugos Augen kehrten ins Jetzt zurück. Seine Gesichtsmuskeln entspannten sich.

„Danke!" Sie lächelte und nickte zu beiden Seiten. „Wir sind inmitten unserer Proben! Danke! Das war wirklich gut, Hugo! Beeindruckend!" Sie starrte ihn erst wütend, dann beschwichtigend an. An den Nachbartischen hörte sie die Menschen tuscheln. Offen oder verstohlen wurden sie betrachtet.

„Bitte steck deine Waffen in das Reh auf deinem Teller", flüsterte sie. Der nette Kellner hatte gerade ihr Essen vor sie gestellt, die Augen misstrauisch auf Hugos hochgestrecktes Besteck gerichtet. Jetzt senkte Hugo Messer und Gabel. Verwirrung stand in seinem Gesicht. Er senkte den Kopf und tat, worum Frieda ihn gebeten hatte.

Sie sah den Kampf in seinem Inneren, sah die verspannten Schultern und sah, wie fest seine Hände das Besteck umklammerten. Im Gastraum summten wieder die Stimmen durcheinander. Frieda schien es, als sprächen alle über sie und ihren Begleiter.

„Wollen wir danach noch ans Meer fahren?", begann sie schnell zu plaudern. „Jamie mag bestimmt noch etwas am Strand laufen!" Hugo blickte nicht auf, während er den Rehbraten zerteilte. „Ja!", sagte er endlich und steckte sich ein Stück Braten in den Mund, auf dem er heftig kaute. Er griff nach dem leeren Glas. Frieda schob ihm ihr Bier über den Tisch. Er trank es aus und versteckte seine Augen vor ihr auf seinem Teller. Sie aßen schweigend.

Hugo zerteilt den Rehbraten anstatt irgendwelcher, vermutlich christlicher Menschen und ich gieße ein wenig Rotwein in mein Glas – es ist die Neige – und lege ordentlich Holz nach. Frieda hatte mir erzählt, wie geschockt sie von Hugos plötzlicher aggressiver Anwandlung war und dass sie lange darüber nachgedacht hatte. Irgendwann war sie zu dem Ergebnis gekommen, dass ihn eine gewaltige Verunsicherung inmitten der fröhlichen Menschen, die im 21. Jahrhundert zu Hause waren, überkommen haben musste. Natürlich musste er sich überfordert fühlen. Und einmal wieder war ein Unterlegenheitsgefühl zu Wut geworden.

Mir scheinen Friedas Gedankengänge nachvollziehbar. Hugos plötzliche Aggression war nichts anderes als eine Reaktion auf eine überfordernde Situation, die Kampfbereitschaft in ihm ausgelöst hatte. Angst, Überforderung, Unterdrückung und andere Negativerlebnisse lösen Aggressionen aus.

Ich drehe den Korkenzieher langsam in den Korken einer weiteren Flasche des guten Toskaner. Mit einem Plopp strömt mir der Duft des Weines in die Nase. Dann plätschert es in mein Glas.

Während ich meinen Wein mit Mund und Nase genieße, denke ich an unsere Schöpfungsgeschichte, in der Gott die Menschen auffordert, sich alle geschaffenen Lebewesen zu unterwerfen und über sie zu herrschen. Wo die einen herrschen, werden die anderen unterdrückt.

Der Thunfisch von meiner Pizza wird plötzlich in meinem Magen wieder lebendig und beginnt, eifrig mit den Flossen zu schlagen. Während ich den Rotwein über die Geschmacksknospen in meinem Mund rolle, denke ich an leergefischte Meere, an Hühner in Legebatterien und ausgerottete Tierarten. Das Flossenschlagen in meinem Magen verursacht mir einen heftigen Schluckauf. Hat Gott all diese prächtigen Geschöpfe wirklich dazu geschaffen?

Das Herrschen der Menschen über alle anderen Lebewesen führt zu einem Ungleichgewicht. Die einen sterben aus, die anderen vermehren sich rapide. War es das, was Gott in seiner unendlichen Weisheit und Güte erreichen wollte? Das Elend und Sterben der einen führt unweigerlich zum Elend und Sterben der anderen.

Ob es nicht eher hüten als herrschen und unterwerfen heißen sollte?
So, wie es im Tierreich und in der Natur allgemein keine gute Idee scheint, zu herrschen und zu unterwerfen, scheint es auch zwischenmenschlich keine gute Idee zu sein. Negativerlebnisse lösen Aggressionen aus. Jede Gewaltherrschaft führt irgendwann zu einem Ende. Meist zu einem sehr schrecklichen Ende.
Es muss die Schwanzflosse des Thunfischs sein, die für Aufruhr in meinem Magen sorgt. Ich springe auf und eile zur Toilette. Dort entlasse ich den Thunfisch in seine Freiheit. Mit schalem Geschmack im Mund setze ich mich wieder auf mein Sofa und beuge mich über meine Papiere.
Mir kommt das Wort Balance in den Sinn. Und das Verb balancieren. Es bedeutet, etwas im Gleichgewicht zu halten, wozu ständige Korrekturen nötig sind. Ich stehe auf und gehe in meine Küche, um mir einen Kamillentee zu kochen. Um Abweichungen aus der Balance auszugleichen, braucht man Geschicklichkeit und Wissen, aber keine Gewalt. Es muss hüten heißen!

5.

Ich beginne den neuen Tag, wie ich den alten beendet habe: Mit einem Becher Kamillentee. Während ich geschlafen habe – der aufgebrachte Thunfisch hatte größere Wogen in meinem Magen verursacht, die ihre Zeit brauchten, um sich zu beruhigen, verbrachten Frieda und Hugo die letzten Herbst- und ersten Winterwochen in ihrer ruhigen Abgeschiedenheit. Hugo lernte an Friedas Seite und lernte, wenn

Frieda ihrer Halbtagsbeschäftigung in einer Gärtnerei nachging. Frieda bemühte sich, Hugo nicht mehr zu überfordern und hatte ihn nur zu kleinen Ausflügen mitgenommen, bei denen sie wenige Menschen trafen. Friedas Augen leuchteten glücklich, als sie mir von dieser Zeit erzählte, die sie und Hugo als so angenehm und wohltuend empfunden hatten. Bevor ich aber von einer weiteren Hürde in dem Leben dieser zwei Menschen berichte, muss ich noch einmal auf meine Gedanken von gestern zurückkommen, da ich diese gestern nicht abschließen konnte.

Während ich also im Bett lag und mit dem Schwindel des thunfischlichen Wellengangs in meinem Kopf kämpfte, schwammen einige Ideen, zickzack, wie Fische in der Brandung, durch mein kreiselndes Gehirn: Ich dachte an Hugos nordische Götter, an Allah, Manitou und Gott. Überall und immer haben Menschen einen Glauben entwickelt. An einen Gott oder mehrere Götter, verschiedene Formen des Glaubens – oft tausende oder hunderte Jahre alt. Dieser Glaube entstand aus den Notwendigkeiten des Lebens und seine Gesetze sollten helfen, dieses zu bewältigen. Nun hat sich aber das Leben geändert und mit ihm seine Notwendigkeiten. Solange unser Kenntnisstand gering war, solange nutzte die christliche Schöpfungsgeschichte. Nun haben die Wissenschaften uns eines anderen belehrt – warum also dieses starre Verhaften in überholten Gedanken? Warum kein religiöses Begleiten durch die Abenteuer unsere Zeit? Warum dieses museale Festhalten an widerlegtem Denken?

Warum dachte ich, während sich alles um mich drehte, warum die Menschen nicht hüten in dieser schnellen, anstrengenden Zeit? Hüten und begleiten. Die Sehnsucht nach spirituellem Trost befriedigen? Die Einsicht, dass unsere Erde anders entstand als lange geglaubt, bedeutet doch nicht die göttliche Anwesenheit zu bezweifeln. Es bedeutet doch nur, dass entwicklungskonforme Erklärungen von früher heute nicht mehr mit der Entwicklung konform sind.

Eine einzige göttliche Macht, immer wieder anders ausgelegt. Warum dieser Anspruch auf alleinige und ewige Gültigkeit? Warum das Unerklärliche erklären?

Dieser Gedanke bringt mich zurück zu Frieda und Hugo. Die beiden haben Unerklärliches zu erklären. Nichts Geringeres als Hugos Existenz.

Frieda kniete vor ihrer Küchenhexe und kehrte die alte Asche hinaus. Sie rieb den Ruß von der Scheibe und putzte sie anschließend mit einem Glasreiniger. Dann legte sie etwas Holzwolle in den Ofen und zündete sie an. Auf dem Küchentisch stand bereits ihr Geschirr, zwischen einigen Fichtenästen steckte eine Kerze, die sie noch nicht entzündet hatte und die Kaffeemaschine gluckerte duftend. Sie ging zum Kühlschrank und griff nach den Eiern. Rührei am Wochenende war zu ihrem Frühstücksritual geworden. Heute gab es die Krabben dazu, die sie gestern gekauft und abends mit Hugo gepult hatte.

Heute Morgen war Hugo zum Bäcker gegangen. Es war nicht weit ins Dorf hinein, bis jetzt war sie jeden Samstag gegangen, um Brötchen und frisches Brot für das Wochenende zu holen. Vorhin war Hugo schweigend in seine

Schuhe geschlüpft und hatte nach ihrem Portemonnaie gegriffen, das wie immer in der Küche lag. Sie hatte nichts gesagt.

Während sie die Eier aufschlug, verquirlte und würzte, lauschte sie auf seine Schritte, die sie auf der dünnen Schneedecke, die seit gestern die Landschaft bedeckte, hören würde. Sie bückte sich nach der Bratpfanne und zog sie klappernd aus dem Stapel ihrer Töpfe. Endlich hörte sie seine Stimme, er sprach mit Jamie, und das Knirschen der Schritte im Schnee. Gleich darauf polterten beide in den kleinen Flur. Jamie, der es sonst liebte, im Schnee zu liegen, würde sich die Gelegenheit auf ein zweites Frühstück nicht entgehen lassen. Die Küchentür schwang auf und zwei fröhliche Gestalten kamen mit einem Schwung kalter Luft herein.

„Was ist die Freiwillige Feuerwehr?", begrüßte Hugo sie mit glücklich leuchtenden Augen. "In der Bäckerei war ein Mann, der mich fragte, ob ich nun hier wohnen und bleiben würde und ob ich nicht in der Freiwilligen Feuerwehr mitarbeiten wollte." Frieda sah ihn an. Sie sah die Freude in seinem Gesicht und wusste, dass er Gesellschaft und eine Aufgabe brauchte. „Was hast du gesagt? Wollte er auch wissen, woher du kommst?" „Ich habe ja gesagt", antwortete Hugo zufrieden. „Obwohl du nicht weißt, was es ist?" Frieda lachte. Hugo zuckte mit den Achseln. „Du erklärst es mir, dann weiß ich es! Und natürlich hat er gefragt, wie ich heiße und woher ich komme." Frieda sah Hugo gespannt an. „Ich heiße Hugo Hammer und komme aus Chile, wohin meine deutschen Vorfahren zwischen dem Ersten und Zweiten Weltkrieg ausgewandert sind", betete er nun brav

nach, was sie sich als seine Herkunft überlegt hatten. „Sehr gut!"
Frieda griff nach den Eiern und begann sie am Pfannenrand aufzuschlagen. Sie verquirlte die Masse von Eiweiß und Eigelb und würzte mit Salz und Pfeffer. „Die Freiwillige Feuerwehr ist eine Feuerwehr, die sich hauptsächlich aus freiwilligen, also ehrenamtlichen Mitgliedern zusammensetzt. Sie kommt, wenn es brennt, bei Überflutungen, wenn Bäume umstürzen und Gefahr oder Behinderung von ihnen ausgeht. Die Mitglieder treffen sich regelmäßig, üben den Einsatzfall und qualifizieren sich in Lehrgängen für die jeweiligen Anforderungen." Frieda überlegte, was sie noch wusste. „Die Freiwillige Feuerwehr ist sehr wichtig für die Gemeinden, da sie oftmals eine Berufsfeuerwehr ersetzt, die es nicht überall gibt. Du brauchst einige technische Kenntnisse, wenn du dort mitarbeiten möchtest."
„Was muss ich denn können?" Hugos Augen leuchteten noch immer. „Genau weiß ich das auch nicht, aber mit einer Motorsäge solltest du schon umgehen können und du musst die Bezeichnungen der Geräte und Werkzeuge kennen." „Gibt es Bücher darüber?" Frieda zuckte mit den Achseln. „Keine Ahnung! Wir schauen nach dem Frühstück mal im Internet, ob es irgendetwas gibt, was du vorher lernen kannst. Eine Motorsäge habe ich. Damit kannst du wenigstens ein bisschen üben." Mit schnellen Griffen verteilte sie etwas Fett in der Pfanne und goss ihre verquirlten Eier nach, als es heiß genug war. Hugo schnitt das frische Vollkornbrot auf und legte es auf den Brotteller.

Wenig später saßen sie sich gegenüber und Frieda sah in Hugos Augen, wie sehr er sich freute, eine Aufgabe übernehmen zu können.

Während Jamies Sabber abwechselnd auf ihr oder Hugos Bein tropfte, überlegte Frieda, wie Hugo in einer Feuerwehruniform aussehen würde. Die Vorstellung gefiel ihr.

„Ich soll Montagabend ins Gemeindehaus kommen und wenn es mir gefällt, soll ich dann irgendwann meine Papiere mitbringen, damit ich angemeldet werden kann", erzählte Hugo weiter. Frieda starrte ihn an. „Scheiße!" Jetzt starrte Hugo sie an. „Scheiße, Hugo, du hast keine Papiere!"

„Was bedeutet das überhaupt, Papiere haben?"

„Ausweispapiere, darauf steht dein Name, wo und wann du geboren bist, wo du wohnst, deine Staatsbürgerschaft."
Hugo sah Frieda ratlos an.

„So etwas kann man doch verlieren, oder?" Er blickte fragend. Sie dachte nach.

„Ja und nein. Du kannst zwar deine Papiere verlieren oder sie werden dir gestohlen, aber du bist immer irgendwo gemeldet, deine Daten sind gespeichert. Wenn du etwas verloren hast, kannst du zum Amt und zur Polizei gehen und das melden und neue Papiere beantragen. Dann werden dir mit Hilfe deiner gespeicherten Daten neue Papiere erstellt."
Frieda sah Hugo noch immer mit schreckensweiten Augen an.

„Aber dich gibt es ja gar nicht, nirgendwo!" Stille breitete sich aus. Frieda kraulte mechanisch Jamies Kopf, der auf ihrem Oberschenkel lag, die Augen auf ihren Teller gerichtet.

„Werden die Menschen überall so ordentlich aufgelistet?"

„Nein, nicht überall, aber fast überall und wenn du aus einem anderen Land ohne Papiere und Nachweis deiner Herkunft plötzlich hier auftauchst, werden Nachforschungen über dich angestellt und vielleicht musst du Deutschland dann wieder verlassen."

„Kann nicht jeder dahin gehen, wo er hin will?" Hugo sah erstaunt aus.

„Nein. In die meisten Länder kann man zu Besuch fahren, aber auch dafür braucht man Papiere. Die werden an den Grenzen kontrolliert. Wenn du keine Papiere hast, wirst du nicht in das Land hineingelassen." Frieda seufzte. „Wir können noch nicht einmal erklären, wie du hierher gekommen bist. Wahrscheinlich könntest du in Chile auch ohne Papiere gelebt haben." Sie grübelte.

„Es gab in Chile mal eine Art Kolonie. Eine Siedlung, die von Auslandsdeutschen bewohnt wurde. Die Colonia Dignidad. Deine Eltern könnten dort gelebt haben. Du könntest dort geboren und nicht amtlich erfasst worden sein. Die Menschen dort haben sehr abgeschirmt gelebt. Ich glaube auch, ziemlich unfrei", fuhr sie fort, „das muss ich mal recherchieren."

Frieda und Hugo sitzen vor ihrem kalt gewordenen Rührei, das wahrscheinlich bald in Jamies Topf landen wird. Vor mir duftet eine Tasse schwarzer Tee, nur für den noch besseren Duft, habe ich die Reste aus der Rumflasche hineingegeben – es war nur noch ganz wenig, meine Pfeife dampft. Die Geschichte der Colonia Dignidad und ihres Gründers, Paul Schäfer, kenne ich natürlich. Der Mann wurde in meinem Geburtsjahr aus dem kirchlichen Dienst entlassen, nachdem er ihm anvertraute Kinder misshandelt und sexuell missbraucht hatte. Diese Vorgänge und seine Entlassung wurden so diskret betrieben, dass es zu keiner Strafverfolgung kam. Um meine Erinnerung zu beflügeln, nehme ich einen großen Schluck Tee. Diese Rücksichtnahme führte dann dazu – während der Tee durch meine Kehle rinnt, überlege ich, wem diese Rücksicht wohl gegolten hatte: den Knaben oder dem Mann oder denen, die ihn beschäftigt hatten – dass Schäfer in Chile die heute berüchtigte Colonia Dignidad gründen und leiten konnte.

In der Küche klirrt meine Haushälterin mit den Einkäufen, die sie heute ausnahmsweise für mich erledigt hat. Während sie die Flaschen in die Speisekammer räumt, fließen Gedanken über das Glauben und das Vertuschen durch meinen Kopf.

Eine Institution, deren ganze Legitimation ausschließlich auf dem Glauben der christlichen Menschheit an Gott besteht, bewegt sich auf brüchigem, angetauten Eis, wenn sie, wie zum Beispiel Papst Benedikt XVI, aufführt, dass die Evolutionstheorie nach heutigen wissenschaftlichen Erkenntnissen nicht nachstellbar und damit nicht beweisbar sei.

Der Glaube an sich, ist eine Überzeugung, die weder erklär- noch beweisbar ist. Er beruht auf dem Gefühl des Vertrauens.

Ich überlege, ob das Vertuschen der Straftat Paul Schäfers dem Vertrauen der gläubigen Menschen nützlich war oder ob eine konsequente Aufdeckung nicht vertrauenswürdiger gewesen wäre. Den vielen Menschen, die nachfolgend in seiner „Kolonie Würde" Unsägliches erleiden mussten, hätte eine Strafverfolgung Schreckliches erspart.

Warum vertuschen oder verbergen wir Dinge? Ich erinnere mich an viele Gespräche, in denen mir Menschen ihre Kümmernisse anvertrauten. Während ich an viele Tränen denke, gehe ich in die Küche, in der nun Stille herrscht. Ich setze mir Wasser für einen neuen Tee auf. Auch hier ging es oft um Vertuschung.

Die Vertuschung einer Sache dient meist dem Schutz einer oder mehrerer irgendwie beteiligter Personen, überlege ich, solange das Wasser zum Kochen braucht.

Wenn Eltern einen Streit oder eine Krankheit vor ihren Kindern vertuschen, so tun sie dies, um ihre Kinder vor Kummer und Sorge zu bewahren, sie tun es, weil sie davon ausgehen, dass die Kinder das Problem noch nicht verarbeiten können. Ich schaue in der Speisekammer nach, ob die gewünschten Rumflaschen dort stehen.

Wenn ein untreuer Ehepartner seine Affäre verschweigt, so tut er das, um seine Beziehung nicht zu gefährden. Eine Beziehung, an der ihr oder ihm irgendetwas liegt, selten zum Wohle vieler, oft zum eigenen Wohl. Die Flaschen, die Frau Jessen für mich gekauft hat, stehen dort.

Eine Vertuschung dient also meist dem eigenen Schutz oder dem derer, die für unfähig erachtet werden, mit der Problematik umgehen zu können. Ich nehme eine Flasche und gieße ein wenig in meinen Tee. Die Vertuschung von etwas beinhaltet immer auch eine Bevormundung und riskiert Vertrauen.

Frieda las nach, was sie über die Colonia Dignidad herausfinden konnte. Hugo saß neben ihr und gemeinsam scrollten sie sich durch den umfangreichen Text von Wikipedia.
„Wenn wir behaupten, dass du in der Colonia Dignidad geboren wurdest, wird es umfangreiche Nachforschungen geben", seufzte Frieda, während sie erschüttert las, was die Menschen in der Abgeschiedenheit der Siedlung erduldet hatten. „Du wirst mit dem Stigma leben, dort misshandelt worden zu sein. Wahrscheinlich gibt es auch Aufzeichnungen über die Mitglieder und Bewohner. Es ist zu unsicher. Und es wird furchtbar lange dauern."
„Ich könnte schon als Kind daraus geflohen sein", schlug Hugo vor. „Mich alleine durch Chile geschlagen haben."
„Du musst auf jeden Fall Spanisch lernen, auch wenn in der Kolonie deutsch gesprochen wurde, kannst du nicht dein ganzes Leben bis jetzt in Chile verbracht haben und kein Spanisch können. Und womit hast du dein Geld verdient? Und wie bist du nach Deutschland gekommen? Woher kennen wir uns?"
Frieda seufzte erneut. Hugo mit einer glaubwürdigen Vergangenheit auszustatten, war kompliziert. Sie müssten ihn als Kind bereits verstorbener Deutscher ausgeben, die in der Kolonie gelebt hatten und ihrem Kind die Flucht aus dem streng überwachten Areal ermöglicht hatten. Dazu brauchten sie Namen. Oder doch nicht? Könnten sie behaupten, dass die ursprünglichen deutschen Namen dort nicht verwendet wurden? Dass Hugo noch zu jung war, als er geflohen war, um sich an wichtige Details zu erinnern?

Oder dass er stark traumatisiert das meiste vergessen, verdrängt hatte? Welches Leben hatte er dann in Chile geführt? Als Straßenjunge durch das Land vagabundiert?

Obwohl ich weiß, dass die beiden einen Ausweg aus Hugos Vergangenheitslosigkeit gefunden haben, schaudert es mich bei dem Gedanken an Hugos Kindheit in der Colonia Dignidad – und das, obwohl ich weiß, dass sie nur erfunden ist. Ich rücke meinen Sessel noch näher an den Ofen, in dem ich ein Feuer entzündet habe, das aber noch nicht seine ganze Strahlkraft entwickelt hat. Meine Gedanken schweifen in Rauchringe gehüllt zu all den verzweifelten Menschen, die Trost in Sekten gesucht und Unterjochung gefunden haben. Wie viele es wohl sein mögen? Sekten und Menschen? Ich nehme einen tiefen Zug aus meiner Pfeife und einen großen Schluck Tee. In der modernen Religionswissenschaft werden wertneutrale Bezeichnungen wie „neureligiöse Gemeinschaft" verwendet, fällt mir ein. Das ursprüngliche Wort bedeutet dabei nichts anderes als „folgen, oder Anhänger von etwas sein." Schnell recherchiere ich, dass es in Deutschland ca. 775.000 Menschen sind, die sich einer neureligiösen Gemeinschaft zugewendet haben. Ob sie dort Glück oder Unglück gefunden haben, kann ich nicht beurteilen. In meiner Institution haben sie jedenfalls nicht gefunden, was sie brauchten.
Mein Denken wandert in den Duft Auenlands gehüllt in die Vergangenheit. Meine Gedanken wandern und wandern und endlich erreichen sie zu Fuß eine alte Burg im französischen Carcassone. Ich befinde mich im Mittelalter und

gehe durch die herrliche Anlage der Katharerhochburg, einer Sekte, die hier sehr angesehen ist, weil sie durch ihren sittlichen Anstand und ihre materielle Bescheidenheit positiven Einfluss nimmt. Diese neureligiöse Gemeinschaft gefiel den damaligen Päpsten nicht. Als angebliche Ketzer wurden sie Opfer der Inquisition und erfuhren ihren Untergang durch einen Kreuzzug gegen sie, der 1209 begann. 1310 war die katharische Glaubensbewegung durch gnadenloses Vorgehen der Inquisition vernichtet. Obwohl ich sehr vieles über die Katharer nicht weiß, ich befürchte, auch von denen gibt es Schlechtes zu berichten, weiß ich, dass sie – ähnlich wie Galilei unterrichtete – in ihrer Landessprache predigten, übrigens auch Frauen, und dass sie Bescheidenheit predigten – was aufgrund des Lebenswandels kirchlicher Würdenträger beim Volk sehr gut ankam. In den Rauchringen meines Tabakqualms, die ich nachdenklich gen Zimmerdecke blase, formt sich kurz das Bild einer Badewanne. Auch den Kirchenzehnten verlangten sie nicht. Dass sie das Materielle als unrein ablehnten, kann der katholischen Kirche kaum gefallen haben. Meine Gedanken wandern langsam und barfuß durch die heiße Asche der Katharer-Gemeinschaft zurück und versuchen sich vorzustellen, wie die Welt heute aussähe, wenn sich im Mittelalter eine Glaubensrichtung der Bescheidenheit durchgesetzt hätte und zum Vorbild geworden wäre. Der Wind heult durch die niedergebrannten Gemäuer. Oder ist das Weinen und Wehklagen der so grausam Gemordeten?

Auch Friedas und Hugos Köpfe qualmten bei dem Versuch, Hugo eine glaubwürdige Vergangenheit zu erstellen und über der Frage, wie Hugo zu deutschen Ausweispapieren kommen könnte. Hugos kräftige, aber schlanke Finger zerbröselten gedankenverloren ein Stück Brot, was Jamies klugen Hundeaugen nicht verborgen blieb. Aufmerksam verfolgte er das Geschehen auf Hugos Teller.

„Ich fürchte, Frieda, ich bin dir keine Hilfe", seufzte Hugo. „Ich durchschaue das alles nicht und weiß nicht, wie die Behörden arbeiten."

Frieda sah ihn an. „Das weiß ich in diesem Fall auch nicht", lächelte sie. „Das wüssten die Behörden vielleicht selbst nicht. Ich glaube aber, dass wir einen Fehler machen, wenn du allzu viel Aufmerksamkeit auf dich ziehst. Vielleicht gibt es eine andere Lösung." Auf ihrer Stirn erschien eine steile Falte. Mit den Zähnen nagte sie an ihrer Unterlippe. Hugo betrachtete sie und sah ihre Unsicherheit. „Was hast du vor?", wollte er wissen.

„Komm mit", sagte Frieda. Sie stand auf und zog Hugo mit ins Wohnzimmer, wo ihr Laptop auf dem Couchtisch stand. In letzter Zeit war es meistens Hugo gewesen, der ihn benutzte und sich quer durch alle möglichen Informationen las. Oft griff er nach einem Stift und notierte sich in einem Collegeblock, der neben ihm lag, alle möglichen Informationen, die er nach Oberbegriffen sortiert hatte. Sie setzten sich nebeneinander und warteten, während sich der Rechner hochfuhr. Frieda strich sich mit zitternden Fingern eine Haarsträhne aus dem Gesicht.

Als es soweit war, gab sie langsam das Wort „Tor-Browser" in die Suchleiste ein. Nach kurzem Zögern tippte sie auf die Enter-Taste.

6.

Noch im Dunkeln verließen Frieda und Hugo Samstagmorgen das kleine Backsteinhaus. Es war ein kalter, unfreundlicher Wintermorgen, der Wind und Regen über Angeln verteilte. Jamie sprang aufgeregt neben ihnen umher. Er freute sich auf eine spannende Unternehmung. Eifrig sprang er in den Kofferraum, als Frieda den für ihn öffnete. Sie setzte sich hinter das Lenkrad ihres Wagens und fuhr das Auto vorsichtig rückwärts aus der Garage, während Hugo draußen wartete.
Frieda stieg aus und ließ ihre Türe offen. Sie umrundete das Auto und stieg auf der Beifahrerseite wieder ein. Hugo stieg neben ihr ein und fuhr den Sitz zurück, so wie sie es ihm schon einige Male gezeigt hatte. Schließlich gefiel ihm seine Position. Er wandte sich zu Frieda und sah sie erwartungsvoll an. Frieda konnte seine Augen nicht richtig erkennen, aber sie wusste, dass sie unternehmungslustig grün leuchteten. Er wollte Autofahren lernen und hatte sie schon einige Male darum gebeten.
„Ok, dein linker Fuß drückt das Kupplungspedal ganz durch und dann drehst du den Zündschlüssel um." Hugo folgte ihrer Anleitung und schon summte der Motor des Volvos leise. „Jetzt schiebst du den ersten Gang rein und dann musst du den linken Fuß langsam von der Kupplung nehmen, während du mit dem rechten vorsichtig Gas gibst." Hugo tat, was sie sagte und erwartungsgemäß machte der Volvo einen Satz und der Motor ging aus. „Ui", kommentierte Hugo das Geschehen. „Nochmal, langsamer!"

Einige Versuche später rollten sie im ersten Gang von dem Grundstück auf den schmalen landwirtschaftlichen Weg, der zu ihrem Haus und daran vorbei führte. Hugos Hände umklammerten das Lenkrad und er starrte angestrengt in die Dunkelheit vor ihm. „Jetzt in den zweiten Gang schalten", befahl Frieda, die sich genauso angestrengt an den Griff in der Beifahrertüre klammerte und besorgt auf die Drehzahl starrte. „Fuß vom Gas, Kupplung treten, Gang rein, Kupplung kommen lassen, etwas Gas geben. Etwas!", kreischte sie erschrocken, als das große Auto nach vorne schoss. Hugo lachte. Es war eine Mischung aus Verzückung und Angst. „Das macht Spaß," meinte er mit atemloser Stimme, „aber bei dir sieht es viel einfacher aus." „Das ist doch immer so. Wenn jemand etwas kann, sieht es für andere ganz einfach aus." Sie rollten das graue Asphaltband entlang und Frieda hoffte inbrünstig, dass wirklich niemand an diesem frühen Morgen auf die Idee kam, den gleichen Weg zu nehmen, wie sie es taten. Sie wusste, dass jetzt ein längeres grades Wegstück vor ihnen lag und so forderte sie von Hugo, in den dritten Gang zu schalten. Es gelang ihm gut und er sank entspannter in die Rückenlehne zurück. „Jetzt kann ich Autofahren!", stellte er zufrieden fest. „Oh nein, bestimmt nicht. Wir werden noch viele, viele Stunden üben müssen", stellte Frieda klar und war froh, dass sie mit dem Auto zur Arbeit fuhr und nicht den Schlüssel verstecken musste, um Hugo von alleinigen Fahrten abzuhalten. „Brems mal ab und halte dann an", befahl sie. „Kupplung treten!" Abrupt kam der Volvo zum Stehen. „Und nun den Rückwärtsgang rein, Kupplung kommen lassen und Gas geben. Und dich umdrehen und gucken", fauchte sie erschrocken, als Hugo rückwärts in die Dunkelheit schoss.

Eine Stunde später saßen sie vor ihrem Frühstück. Der Ofen bullerte gemütlich und nur Jamie sah irgendwie unzufrieden aus, da er sich offenbar mehr von diesem Ausflug versprochen hatte, als ruckeliges Fahren ohne Ziel.

Hugo strich sich Nuss-Nugat-Creme auf sein Brötchen. Er mochte es, sein Frühstück mit etwas Süßem zu beenden. Frieda sah den glücklichen Gesichtsausdruck von ihm und wusste, wie wichtig es für ihn war, die Dinge zu lernen, die heute jedermann konnte, um sich sicher und selbstbewusst zu fühlen. „Wenn es richtig hell ist, üben wir mit der Motorsäge", sprach sie ihren nächsten Gedanken aus. Außer dem praktischen Üben musste er auch die Vokabeln dazu lernen.

„Eigentlich schade, dass du dich nicht erinnern kannst", wechselt Frieda abrupt das Thema.

„Erinnern? Woran?" Hugo hielt sein Brötchen auf dem Weg zum Mund still und sah Frieda fragend an.

„Naja, an die letzten ungefähr 1000 Jahre. Wo du warst. Wie es war." Hugo betrachtete sie nachdenklich.

„Wenn ich die Wahl hätte, würde ich mich lieber an dieses hier erinnern, wenn ich wieder dort bin." Ein kleines Lächeln erschien zwischen den rötlichen Bartstoppeln. Frieda erstarrte. „Wenn du wieder dort bist", wiederholte sie langsam. „Du meinst, du gehst, du gehst irgendwann wieder?" Ihre tiefe Stimme piepste hoch. Hugo langte mit der linken Hand über den Tisch und ergriff ihre. Er drückte sie fest und zärtlich.

„Natürlich gehe ich wieder, ich bin doch sterblich." Frieda stieß die Luft aus, die sie unbewusst angehalten hatte.
„Ach so meinst du das. Ich, ich dachte schon", sie verstummte.
„Ich weiß nicht mehr als du, Frieda, woher denn? Ich muss es nehmen, wie es kommt. Eigentlich weiß ich sogar viel weniger als du." Hugo ließ seine Augen vielsagend durch die Küche und das anliegende Wohnzimmer streifen, wo überall Notizen und Bücher von ihm lagen. Dann zuckte er mit den Schultern. „Du bist mein Weg", lächelte er sie an. „Ich gehe mit dir."
„Nein", sagte Frieda und einen Moment schien es ihr, als stünde die Welt still, als sei sie an diesem Wintermorgen erstarrt, „ich werde mit dir kommen – so weit, wie ich es kann."

Plötzlich ist sie wieder da, die Melodie, die Frieda so traurig summte – eigentlich ist summen nicht das richtige Wort – die sich aus Frieda löste, als sie mein Arbeitszimmer verließ und die ich mir merken wollte. Zu der Melodie gesellen sich nun auch Worte: „Who'll come with me", brumme ich, „Don't be afraid I know the way." Die fehlenden Zeilen fülle ich mit „Hmhmhmmhm", dann fällt mir „We'll go with you to search the way, to find your star. Who'll come with us? Don't be afraid. We found the way", ein. Und plötzlich weiß ich auch wieder, von wem dieser schöne Folk-Song ist und dass er Ende der achtziger Jahre tagein tagaus im Radio zu hören war.
Schnell lese ich im Internet nach und entdecke, dass die Kelly Family diesen Song gecovert hat. Ursprünglich ist er

von Vladimir Cosma und war in dem Vierteiler „Die Abenteuer des David Balfour" die Titelmelodie.
In Hugo und Friedas Geschichte ist es aber sicherlich neben der sehnsüchtigen Melodie der Text, der irgendwie passt. Auf jeden Fall zu Hugo, aber ich denke, dass er auch zu Frieda passt. Jetzt erst recht.

Frieda und Hugo sahen sich an. Ihre Augen versanken ineinander. Die Welt stand still.

„Wie kann man sich einer Sache gewiss sein, ohne zu wissen, welche Sache es ist?", hatte Frieda mich gefragt, als sie hier bei mir saß. Die beiden hatten sich minutenlang angesehen, geschwiegen und eine Gewissheit gespürt, ohne zu wissen, wessen sie sich gewiss waren.
Wie soll ich es beschreiben? Mir fällt es genauso schwer wie Frieda. Vielleicht waren sie sich eines gemeinsamen Weges bewusst, ohne den Weg zu kennen. Vielleicht summte Frieda auch deswegen dieses Lied: We'll go with you to search the way. Frieda hatte dieses Versprechen gehalten und sie hielt es immer noch. Eine wirklich verzwickte Geschichte. Kalter Tee hilft mir auch nicht, diesen Knoten zu lösen. Ich mache mich auf den Weg in die Küche.

„Wir gehen miteinander" sagten dann beide wie aus einem Mund und sie begannen zu lachen. „Früher", erzählte Frieda Hugo „fragte eine Junge ein Mädchen, in das er sich verliebt hatte, ob es mit ihm gehen wolle und wenn er Glück hatte, sagte sie ja und dann ging man miteinander. Heute sagt man, die sind zusammen. Aber eigentlich ist miteinander gehen doch viel schöner. Es klingt, als ob man einen Weg zusammen geht. Es klingt nach einer Perspektive. Zusammen sein, klingt nur nach jetzt und hier."

Hugo überlegte kurz und nickte dann zustimmend. „Ich möchte beides", sagte er. „Ich will mit dir zusammen sein und mit dir gehen." Frieda versank in dem leuchtenden Blau seiner Augen und wusste nicht, dass Hugo sich in dem Grün der ihren verlor. „Das möchte ich auch", sagte sie schließlich und wieder stand die Welt still.

„Und nun möchte ich mit dir rausgehen und lernen, wie man mit einer Motorsäge umgeht", beendete Hugo die zufriedene Stille. Frieda nickte. Sie packten ihre Lebensmittel in den Kühlschrank und das schmutzige Geschirr in die Geschirrspülmaschine, eine Erfindung, die Hugo besonders sinnvoll fand.

In warme Jacken und Stiefel gehüllt, gingen sie zur Garage, in deren Anbau Frieda ihr Werkzeug aufbewahrte. Hugo mochte diesen Raum und seinen Inhalt, vieles hatte er schon ausprobiert. Eigentlich alles außer dem Rasenmäher, der elektrischen Heckenschere und der Motorsäge.

„Hier steht das Motorenöl", zeigte ihm Frieda. „Wir brauchen es, um das Werkzeug zu schmieren, wahrscheinlich habt ihr früher auch eure Sachen gefettet, um sie zu pflegen und geschmeidig zu halten." Sie nahm die Motorsäge und überprüfte den Ölstand. Dann drehte sie die Verschlusskappe wieder zu und griff nach dem Benzinkanister. „Das Benzin brauchen wir für den Antrieb, das funktioniert so wie beim Auto." Sie drückte Hugo den Kanister in die Hand. „Füll mal voll!" Vorsichtig füllte er den Tank auf.

„So, und nun geht's ans Sägen", Frieda winkte Hugo, ihr mit der Säge zu folgen und griff nach ihrem alten Sägebock, den sie von ihrem Vater geerbt hatte. Sie baute ihn unter dem Vordach des Schuppens auf, Hugo beobachte aufmerksam, was sie tat. Schließlich griff Frieda nach ihrem Feuerholz, von dem einige Stücke recht groß waren und eine Teilung vertrugen. „Du legst es auf den Bock, stellst dich daneben und hältst es fest", wies sie Hugo an. Sie hatte selbst Respekt vor der laufenden Kettensäge und hielt sie möglichst weit von ihrem Körper. Während Hugo das Stück hielt, fraßen sich die Zähne der Säge gierig durch das Holz. Frieda war froh, dass die Zeit vorüber war, da sie selbst sägte und gleichzeitig das Holz mit ihrem linken Fuß hielt. „Man muss aufpassen, dass sie nicht nach hinten oder unten schlägt, wenn der Widerstand überwunden ist, da steckt viel Kraft drinnen", erklärte sie schnaufend. Sie zeigte ihm noch einige Male, wie sie die Säge hielt und bediente und endlich wechselten sie die Positionen, sie hielt das Holz und Hugo bediente die Säge. Überrascht keuchte er auf, als er die Kraft der Säge spürte. „Das macht Spaß", befand er nach dem dritten Holzstück und wartete unternehmungslustig, dass Frieda neue Stücke brachte. Der Holzhaufen zu ihren Füßen wuchs und wuchs.

„So", sagte Frieda dann, als sie meinte, dass Hugo die Säge einschätzen konnte. „Jetzt sägst du ein paar Äste von den Bäumen." Sie führte ihn in den Garten und zeigte ihm einige niedrige Äste an den Obstbäumen, die sie beim Rasenmähen störten und die sie schon längst selbst absägen wollte. Der Motor der Säge knurrte durch den stillen Samstagmorgen und nach und nach häuften sich die Äste im

Garten, die Frieda packte und zu ihrem Sägebock schleppte. Jamie half, indem er die Äste zwischen die Zähne packte und wieder zurück in den Garten zerrte. Was sie vor ihm retten konnten, legten die beiden auf den Bock, um zu verwerten, was nützlich war. Die übrigen Reiser trug Frieda auf einen Haufen. „Daraus machen wir ein schönes Frühjahrsfeuer, wenn es soweit ist", meinte sie und freute sich darauf, mit Hugo und Jamie ihre eigene Biike zu entzünden und gemeinsam mit ihnen davorzustehen. Oder vielleicht ihre Nachbarn einzuladen und Hugo vorzustellen?

Schmutzig und fröhlich betraten die drei etwas später das Haus. Hugo wollte lernen. Er lud sich einige Schaubilder von Lastwagen herunter und beschriftete die entsprechenden Teile mit ihrem Namen. Frieda kochte einen Hackfleischeintopf und schälte dafür Kartoffeln, Zwiebeln und Knoblauchzehen. Jamie lag in seinem Körbchen und ließ Frieda nicht aus den Augen. Früher oder später würde sie der hypnotisierenden Kraft seiner Augen nachgeben und es würde etwas herabfallen, das wusste er.

Der Vormittag ging dahin. Während der Eintopf vor sich hin köchelte, kehrte und putzte Frieda die Böden, wusch ihre Wäsche und begleitete sich selbst mit lautem Gesang bei der Arbeit. Obwohl sie fand, dass sie nicht schön sang, störte es Hugo nicht, wenn sie heraus schmetterte, was ihr in den Sinn kam.

Jamies Hoffnungen hatten sich als berechtigt erwiesen. Frieda mischte ihm ein Ei zwischen etwas Hackfleisch und sah zu, wie es verschwand. Dann rief sie Hugo zum Essen.

„Du schnüffelst genauso wie Jamie", lachte sie, als er die Küche betrat und sie sah, wie sich seine Nasenflügel erwartungsvoll weiteten. In diesem Moment klingelte es an der Tür. Jamie bellte und Frieda sah aus dem Fenster. „Die Post", stellte sie fest und ging zur Tür.

Als sie zurückkam, funkelten ihre Augen. Sie hielt ein dünnes Päckchen in ihren Händen. Hugo sah sie fragend an.

„Ich glaube", sagte sie und ihre Stimme zitterte ein wenig, „ich glaube, deine Vergangenheit und deine Zukunft sind gerade gekommen. Ich glaube, das sind deine Papiere." Sie hielt das Päckchen in die Höhe, auf der Briefmarke ragte die Freiheitsstatue vor blauem Wölkchenhimmel in die Höhe, ansonsten war es neutral und kein Absender zu erkennen. Frieda spürte einen Schauer ihren Rücken hinab rieseln. Ihr Herz pumpte.

Hugos Augen schauten graugrün und waren zu Schlitzen verengt. „Na dann", meinte er endlich, „lass uns die Zukunft beginnen!"

Frieda griff nach einem schmalen Messer und schlitzte das Papier vorsichtig auf. Zwei weitere Umschläge kamen zum Vorschein. Auch diese waren neutral und nicht beschriftet. Sie öffnete den dickeren und griff hinein. Hugo sah auf ihre Hand. Sie zog sie heraus und schaute auf das, was sie darin hielt.

„Ein Personalausweis", zählte sie auf, „ein Reisepass und ein Führerschein." Sie reichte Hugo sein Leben und fuhr mit der Messerklinge langsam durch das Papier des zweiten Umschlags. Wieder griff sie hinein. Diesmal zog sie mehrere Bögen eng bedruckten Papieres hinaus. „Das ist deine Lebensgeschichte", sagte sie staunend, nachdem sie einen kurzen Blick darauf geworfen hatte. „Äußerst detailliert, aber die lesen wir später. Lass uns schauen, ob deine Papiere echt sind! Ich hole meine, damit wir sie vergleichen können." Frieda stürmte ins Schlafzimmer, wo ihre Tasche mit all ihren Papieren an einer kleinen Garderobe hing. Sie riss die Tasche vom Haken und kam ins Wohnzimmer geschnauft. Hugo hatte alle drei Dokumente vor sich auf den Couchtisch gelegt und betrachtete sie. In seinen grünen Augen sah sie die gleiche Neugierde, die auch sie spürte und sie sah Abneigung. Das Leben, das dort ausgebreitet vor ihm lag, war nicht seines. Seines musste er verleugnen. Frieda wusste, dass es ein Leben war, das ihm gefallen hatte. Auf das er stolz war. Das er freiwillig niemals getauscht hätte. Auf einmal wurde sie traurig.

„Ich weiß keinen anderen Weg, Hugo. Die Wahrheit würde dich zu einem Monster in irgendwelchen Laboren machen. Dann hättest du gar kein Leben mehr. Vielleicht wird dieses ja noch ein gutes." Sie sah, dass er schluckte. Dann nickte er. „Schon gut, Frieda, du tust mit Sicherheit das Beste für mich, was du kannst. Ich weiß, dass ich hier und jetzt nicht ich sein kann." Er zuckte kurz mit den Achseln. „Aber ich wäre es wirklich gerne!" Frieda trat neben ihn und Hugo legte seinen Kopf an ihren Bauch, während sie ihm mit der Hand durch die drahtigen Locken fuhr. „Du kannst du sein. Du bist du. Es sind nur ein paar Namen und Orte. Als Mensch, der handelt und ist, bist du doch immer noch Andri, mit all den Eigenschaften, die du hattest – oder?"

„Das weiß ich noch nicht. Ich habe ja noch nicht so viel gehandelt. Ich hoffe es!" Frieda spürte, dass er seinen Kopf noch fester an sie drückte und blieb ruhig stehen, die Hand in seinem Haar.

7.

Gerade als Frieda, von der Arbeit kommend, auf ihr Grundstück einbog, summte ihr Handy. Sie parkte den Volvo in dem Carport und schaute auf das Display. Eine Whatsapp von Hugo. Sie lächelte zufrieden und gab schnell ihre Geheimzahl ein, um die Nachricht zu lesen. Das Handy hatte er erst seit einigen Tagen, aber er mochte es und beschäftigte sich viel damit. Sie las die Nachricht. *Bitte komm zum Grabhügel*, stand da. Friedas Herz pochte. Seitdem Hugo dem Hügel entstiegen war, mied sie ihn. Er hatte seinen Zauber verloren. Er war ihr eher unangenehm.

Schnell stieg sie aus dem Auto und machte sich auf den Weg. Es war gerade noch hell, die Sonne stand kurz vor über dem Horizont und leuchtete orangerosa über das hügelige Land. Frieda eilte den Pfad entlang, blind für die Schönheit des alten Eichenwaldes. Ihre Augen suchten nach dem Hügel. Dann sah sie ihn. Hugo stand in das Abendrot gehüllt auf der Spitze. Er trug seine Wikingerkleidung und sah ihr, sein Schwert emporgestreckt, entgegen. Ihr Herz stand still. Ihre Beine wurden weich. Es dröhnte in ihren Ohren. Es flimmerte vor ihren Augen. Verzweifelt schrie sie auf. Sie stolperte voran. Stürzte über einen Ast, den der letzte Wintersturm abgerissen hatte. Dann war Jamie da. Begeistert sprang er über sie, leckte ihr übers Gesicht. Frieda wehrte ihn ab und richtete sich auf. Wo war er? Blut strömte wieder durch ihren Körper. Er stand noch immer auf dem Hügel. Er streckte ihr seine Hand entgegen. Frieda rannte auf ihn zu, keuchte den Hügel empor und endlich griff seine starke Hand nach ihr und zog sie zu sich. Zog sie dicht an sich heran. Sie stand kaum fest, da sank er auf ein Knie. Mit der rechten Hand hielt er ihre Hand, mit der linken hielt er sein Schwert, das über seinem Knie lag. Er sah sie an. Seine Augen leuchteten grün und stolz und wild. „Frieda Wagner, willst du mich, Andri Arngrimurssohn, Wikinger aus Haithabu, genannt Hugo Hammer, heiraten?" Frieda, ach Frieda, dachte Frieda und sagte: „Ja!" und sie hörte sich auch noch sagen: „Du hast zu viel Fernsehen geguckt!" Dann wurde es ihr schwarz vor Augen. Sie wurde von zwei starken Armen umschlungen. Aus der Ferne hörte sie Jamie aufgeregt bellen. Dann wurde sie von Küssen geweckt. Leidenschaftliche, gierige Küsse und sie küsste genauso zurück. Ihre Hände wühlten sich unter Hugos Kleidung, seine Hände zerrten an ihrer, rissen den Gürtel auf und den Reisverschluss ihrer Hose herab. Keuchend sanken sie auf das kalte, nasse Laub, das den Hügel bedeckte. Dampfend kämpften sie sich ihrer Erfüllung entgegen. Hugo erstickte seinen Schrei durch einen festen Biss in Friedas Hals. Er hielt ihren zuckenden Körper dicht an sich gepresst. „Und jetzt nochmal langsam und im warmen Bett", forderte er sich aufrichtend. Er zog Frieda auf die Beine, zog ihr die Hose über die erdigen Schenkel und dann liefen sie den Hügel hinab, den Pfad zurück und stürmten in ihr kleines Zuhause. „Wenn du nein gesagt hättest, hätte ich das trotzdem getan", sagte er und streifte ihre Kleidung mit schnellen Händen von ihrem Körper. Er sah sie an und

griff nach ihren Brüsten, die sie ihm fordernd entgegenstreckte. Sie antwortete mit einem Griff in seine Mitte. Sein Verlangen wuchs und setzte sie in Flammen. Frieda sank auf die Knie und ihre Lippen umschlossen ihn sanft und kräftig zugleich. Ihre Hände lagen auf seinen Pobacken, drückten und schoben. Hugos Hände wühlten in ihren Haaren und sie hörte ihn schnaufen. Schließlich stand sie auf und stupste ihn auf das Bett. „Wenn du das nicht endlich getan hättest, hätte ich es getan", flüsterte sie ihn sein Ohr, bevor sie sich rittlings auf ihn schwang und langsam vor und zurück schaukelte.
Ihre Blicke und ihre Seelen trafen sich, gemeinsam mit ihren Körpern verschmolzen sie zu einem Ganzen. Endlich!
„Ich bin sehr stolz und glücklich deine Frau zu werden, Andri Arngrimurssohn", sagte Frieda, als sie schließlich eng aneinander gekuschelt unter der Decke lagen, so viel Haut und Wärme des anderen wie möglich kostend.
„Ich bin sehr stolz und glücklich, die großzügigste und mutigste Frau meine Frau nennen zu dürfen", antwortete Hugo. „Ich meine mit großzügig nicht dein Geld, Frieda, obwohl du auch das mit mir teilst. Deine Großzügigkeit ist anderer Art. Mit deinem Geld bist du freigiebig, in deiner Seele bist du offen und tolerant. Ja, ich glaube, das ist es. Die Offenheit und der Mut deiner Seele.
Frieda lag still in seinen Armen und dachte darüber nach.
„Das ist etwas, das kann man an sich selbst nicht feststellen", meinte sie, nachdem das Denken nicht weitergeholfen hatte. Der Luftzug von Hugos Lachen streifte über ihren Rücken.

„Wie viele Frauen wären wohl in einer stürmischen, nassen Nacht mit einer Taschenlampe losgegangen, um einen Untoten ins Warme zu holen?", überlegte er laut. „Und wie viele würden ihre Ersparnisse geben, um diesem Kerl Papiere zu kaufen und ein Leben in Würde und Freiheit zu ermöglichen?"

„Leider glaube ich, das ziemlich viele Frauen ihre Ersparnisse opfern und irgendwelchen Taugenichtsen hinterherwerfen, die ihnen die große Liebe versprochen haben", widersprach sie. „Und untot bist du ja auch nicht oder nur gewissermaßen.

„Ich bin nicht tot, obwohl ich tot bin, Frieda. „Was bin ich denn? Du selbst hast mir beigebracht, dass die Vorsilbe „un" die Bedeutung der Wörter verneint. Also bin ich untot!"

Da liegen Frieda und Hugo nach ihrer ersten sexuellen Begegnung – nach Friedas Berichten hatte die Luft bereits seit Wochen geknistert – gemeinsam im Bett und führen einen Disput darüber, ob Hugo nun untot ist oder nicht. Hochprozentiger Alkohol ist mir eigentlich zuwider, deshalb habe ich davon auch reichlich in meiner Vorratskammer. Geschenke meiner Gemeindemitglieder, bei denen ich mir nie sicher bin, ob ich sie annehmen darf und es doch tue, weil ich es so unhöflich finde, Geschenke auszuschlagen und den Schenkenden damit wieder wegzuschicken. Also sammeln sich diese Flaschen in meinen Regalen, stauben vor sich hin und finden manchmal den Weg zurück, wenn ich mich nicht erinnere, von wem ich was habe und bei Krankenbesuchen ein wenig flüssigen Trost mitnehme. Ich gehe also in meine Vorratskammer und greife nach einer Flasche auf der „Chivas Regal" steht. Mir gefällt die Farbe des Inhalts und so schraube ich die Flasche auf und schnuppere daran. Ich spüre, wie sich meine Nasenflügel erwartungsvoll weiten und zucke erst einmal vor dem kräftigen Duft zurück. Entschlossen schütte ich ein Wasserglas zu einem Drittel voll und kehre mit meinem Mutmacher zurück an meinen bollernden Ofen.

Untote sind ein spannendes Thema! Ich denke an Dracula, den Grafen aus Transsylvanien, der eigentlich Vlad III. hieß und ein Woiwode aus der Walachei war. Der Beiname Dracula kann sowohl als „Sohn des Drachen", als auch als „Sohn des Teufels" verstanden werden, da Vlads Vater Mitglied im Drachenorden des Kaisers Sigismund war und das rumänische Wort „drac" Teufel bedeutet. Wie dem auch sei, hatte Vlad III. eine überlieferte Vorliebe für Hinrichtungen, angeblich pfählte er seine Opfer gerne – ich nehme einen großen Schluck und spüre die heiße Spur des Whiskeys durch meinen Körper laufen und mir meine Innereien deutlich bewusst werden – und wurde durch die Tinte des irischen Schriftstellers Bram Stoker zum bekanntesten Untoten unserer Zeit.

Untote selbst sind eigentlich Verstorbene, die sich weiter unter den Lebenden tummeln oder aber – so wie Hugo!? – zurückkommen.

Unsere christliche Kultur lehnt die Endgültigkeit des Todes ab. Von ruhelosen Toten wird seit dem Mittelalter berichtet. Im christlichen Glauben finden sie ihre Ruhe nach ihrer Erlösung. In meinem Wohnzimmer zucken die Schatten des Feuers über die dunklen Wände. Ich nehme einen weiteren

Schluck, als ich Schritte auf dem Flur höre. Ich verzichte auf die Konfrontation mit dem nächtlichen Flur und überlege, warum die Toten zu Wiedergängern wurden. Sie haben noch etwas zu erledigen, heißt es, Rache zu üben oder Buße zu tun. Für die lebenden ist ihr Erscheinen mit Tod und Unglück verbunden. Mein Glas ist jetzt leer, aber mein Flur ist dunkel und ich weiß nicht, ob er so leer ist, wie mein Glas. Betrübt und ängstlich betrachte ich das Glas. Warum habe ich die Flasche bloß nicht mitgenommen, ärgere ich mich. Dann ärgere ich mich über meine Feigheit und sage mir, dass der Glaube an Untote lächerlich ist und scheinbare Belege, wie schmatzende Geräusche, gewachsene Fingernägel und wohliges Aussehen der Toten längst wissenschaftlich begründet sind. Ein Seufzen steigt aus meiner Brust. Dann denke ich an Hugo und ein kalter Schauer kriecht meine Wirbelsäule hinab. Hugo ist Realität. Mein Glas ist leer. Dass Hugo aus Rachegelüsten zurückgekommen ist, scheint lächerlich. Dafür ist es nun ein wenig spät. Das Gleiche gilt allerdings für die Buße. Ca. 40 Generationen später kommt mir auch dies schwierig vor. Es sei denn, er hat Friedas Vorfahren ermordet. Obwohl ein leeres Glas schwerlich leerer werden kann, kommt mir meines extrem leer vor. Ich lausche in den Flur. Ich höre es keuchen. Ich erstarre. Das Keuchen hört auf. Als ich wieder atme, erklingt auch das Keuchen wieder. Kann man einen Superlativ steigern? Was kommt nach am leersten? Ich kichere ein wenig, als mir nur das Antonym dazu einfällt. Warum bloß ist Hugo zurückgekehrt? Was hat er so spät zu erledigen?

„Ob unsere Ehe rechtskräftig sein wird?", überlegte Frieda. „Ich weiß nicht, ob ein Untoter oder Wiedergänger geschäftsfähig ist?" Hugo drückte mit seiner linken Hand ihre linke Brust. Er fuhr mit dem Daumen über ihre Brustwarze. „Das weiß ich auch nicht, Frieda, aber liebesfähig ist dieser hier auf jeden Fall." Er packte sie an der Schulter und zog sie herum. Dann legte er sich auf sie und biss ihr erneut in den Hals.

„Wann wollen wir denn heiraten und wie?", fragte Frieda am nächsten Morgen und räkelte sich zufrieden und erfüllt in Hugos Armen.

„Wie?", fragte Hugo zurück. „Wie viele Möglichkeiten gibt es denn?" „Ach, viele!", antwortete sie. „Erst einmal heiratet man standesamtlich und wenn man mag, auch noch kirchlich. Man kann auch im Ausland heiraten, während einer Urlaubsreise oder eine Tour nach Dänemark machen und dort heiraten. Je nachdem wo und wie man heiratet, hat man gar keine Gäste oder viele oder nur ein paar. Man kann Zuhause feiern oder in einem Restaurant oder an einem anderen geeigneten Ort."

„Ich will hier heiraten, mit einem großen Fest, mit vielen Menschen – aber nicht hier in unserem Haus. Und du?"

„Ich will eine Hochzeitsreise machen – nach deiner großen Feier. Irgendeine besondere Reise!" „Wohin soll die besondere Reise denn gehen?" Frieda überlegte, während Hugos Hand über ihre Hüfte strich. „Das weiß ich noch nicht – vielleicht eine Flugreise? Ich bin noch nie geflogen." Hugos Hand verharrte an einer gemütlichen, warmen Stelle zwischen ihren Beinen. „Ich auch nicht", stellte er fest. „Fliegen – über den Wolken – wie das wohl sein mag?" „Lass es uns ausprobieren!" Frieda drehte sich zu Hugo um und sah, dass seine Augen unternehmungslustig grüngrau funkelten. Sie lachte leise, als seine Hand nach einem noch wärmeren Ort suchte. „Irgendwohin, wo es warm ist, wo die Sonne scheint." „Au ja", freute sich Hugo. „Wann können wir los?" „Wir wollten erst noch heiraten – mit einem großen Fest", erinnerte ihn Frieda. „Das muss alles organisiert werden, wir brauchen einen Termin auf dem Standesamt, wir brauchen einen Ort für die Feier und wir müssen die Reise buchen. Und", sie unterbrach sie kurz, „wir brauchen noch entsprechende Kleidung. Du brauchst einen schicken Anzug und ich brauche ein schönes Kleid." Wieder verstummte sie einen Moment, um sich alles auszumalen. „Und du musst tanzen lernen", setzte sie dann ihre Überlegungen fort, „denn wenn wir ein großes Fest feiern, dann müssen wir auch Musik haben und tanzen!"

Frieda begann den Schneewalzer zu summen. „Wir haben viel zu tun", stellte sie fest und streckte sich Hugos Fingern entgegen.

Am Nachmittag pfiff Frieda nach Jamie und machte sich auf den Weg zu Anna. Gemeinsam stürmten sie den Feldweg entlang, vorbei an Koppeln mit bräunlichem Gras und gepflügten Äckern, deren Schollen fett und feucht glänzten und in Annas kleine Reetdachkate hinein. „An-na, An-na, An-na", sang Frieda im Dreivierteltakt, während sie die Wohnzimmertür aufriss. „Bin im Wintergarten", hörte sie eine leise Stimme. Durch die offene Glastür kam ihnen Jack, Jamies Freundin, eine schwarze Labradorhündin, fröhlich entgegen. Frieda machte einen Bogen um die zappelnden

Hundeleiber und trat in die Tür zum Wintergarten. Erstaunt starrte sie auf ihre Freundin, deren kurze Haare zu Berge standen und die offensichtlich gerade geweint und ihren Kummer mit einer Flasche Sekt gefeiert hatte. Vor ihr lagen ein Stoß Papiere, ein Duden und mehrere rote Stifte auf dem Tisch. Der Aschenbecher quoll über und Anna rieb sich ein paar Tränen und Wimperntusche in die ohnehin dunklen Augenränder.

„Oh, du korrigierst gerade!", stellte Frieda fest. Ein gequältes Seufzen und Nicken in Richtung des Papierbergs bestätigte ihren Eindruck.

„Ach, Frieda", schnaufte Anna. „Das ist so entsetzlich, fürchterlich, armselig und erschreckend und noch viel entsetzlicher, fürchterlicher, armseliger und erschreckender ist, dass es niemanden interessiert.

„Aber wie kann das sein, dass es niemanden interessiert?", fragte Frieda und setzte sich in einen Korbsessel neben ihre Freundin.

„Wahrscheinlich ist das Problem so groß, dass sich niemand daran traut. Und so legen wir – wie immer – die Gaußsche Normalverteilung darüber. Nur dass das, was heute eine Zwei ist früher höchstens eine Vier gewesen wäre." Anna schniefte. „Es ist so furchtbar, Frieda. Es ist doch ihre Muttersprache, für die meisten zumindest, aber sie benutzen sie wie Gastarbeiterkinder der ersten Generation." Frieda schwieg und ließ Anna erzählen. „Ich weiß nicht, woran es liegt, ich kann es mir aber denken, dass zu viele Eltern zu wenig Zeit und Kraft haben, mit ihren Kindern zu lesen, ihnen vorzulesen, sich überhaupt mit ihnen zu beschäfti-

gen. Teletubbies an und Ruhe ist. Ein gesamtgesellschaftliches Problem – die einen müssen, die anderen wollen arbeiten – es bleibt zu wenig Zeit für die Kinder. Nach außen mithalten: Haus, Auto, Klamotten, Handys, Urlaubsreisen – das Geld muss herbei. Und abends den Fernseher oder Rechner an, aber nicht spielen und sprechen. Und ich sitze dann mit Schülern in der Oberstufe, die keinen grammatikalisch richtigen Satz aufs Papier bringen, deren Wortschatz geringer ist als der meines Papageis und die nicht in der Lage sind, selbständig zu denken." Bei Papagei schaute Frieda sich um, ob Anna sich ein neues Haustier zugelegt hatte. „Nein, hab ich nicht", jammerte Anna, die Friedas Blick richtig gedeutet hatte. „Und es ist nicht nur in Deutsch so, die anderen Kollegen erzählen das auch. Aber bloß nichts sagen, auch keine schlechten Noten geben. Unser Schulbudget hängt von unseren Schülerzahlen ab, wenn wir den Ruf bekommen, streng zu sein, kommen weniger Schüler, also bekommen wir weniger Geld und weniger Stellen. Ergo: Mund halten! Und dass ungefähr ein Viertel bis ein Drittel unserer Schüler entweder gerade aus einer psychiatrischen Behandlung kommt, sich in einer befindet oder auf dem Weg in eine solche ist – das erwähnen wir lieber auch nicht: Suizid, Suizidversuch, Suizidgefährdung, Depressionen, Borderline, ADHS etc. pp.!
Anna griff nach der Sektflasche und goss sich ihr Glas voll. Dabei fiel ihr Blick auf die leere Stelle vor Frieda. „Oh, entschuldige, Frieda, ich hole dir ein Glas." Sie stand auf und verschwand, ohne auf Friedas Einwilligung zu warten. Als sie wiederkam, hielt sie nicht nur ein zweites Glas, sondern auch eine zweite Flasche Sekt in den Händen. Anna ließ den

Korken sehr zur Freude der Hunde, die sich gleich darum balgten, durch den Wintergarten knallen und füllte Friedas Glas. Dann steckte sie sich eine Zigarette an. Mehr verzweifelt als genüsslich sog sie den Rauch ein. Sie begann zu husten.

„Naja – wenn Hustensaft im Fernsehen als „anti-bääh" beworben wird, müssen wir uns auch nicht über die nachlassende Sprachfähigkeit der jungen Leute wundern", resümierte sie keuchend. „Ich frage mich wirklich, ob die Menschen tatsächlich so hohl sind, wie es die Werbung und das Fernsehprogramm suggerieren, oder, ob es den meisten wie mir geht und sie es einfach über sich ergehen lassen? Wenn ich das Abendprogramm der Öffentlich-Rechtlichen anschaue, also entweder einen Krimi nach dem anderen oder aber die absurden Liebes- und Lebensgeschichten seltsamer Ärzte über mich ergehen lasse, die nichts aber auch gar nichts mit der Lebensrealität eines durchschnittlichen Menschen zu tun haben, frage ich mich, warum ich Gebühren bezahle. Wie war das noch gleich mit dem Bildungsauftrag? Oder beginnt der erst im Nachtprogramm, wenn normal sterbliche Berufstätige im Bett liegen und schlafen – weil ihr Wecker um 05.30 Uhr klingelt?" Anna sog erneut an ihrer Zigarette, die inzwischen halb verglommen war, diesmal – vielleicht, weil sie ihrem Unmut Luft gemacht hatte, entspannter und genießend.

„Auf uns!", lächelte sie Frieda schließlich an und hob ihr Sektglas ihrer Freundin entgegen. Die Gläser klirrten aneinander. Beide Frauen nahmen einen großen Schluck Sekt.

„Sag mir, Frieda, sind wir so dumm oder sollen wir so dumm sein – uns damit zufriedengeben, noch ein bisschen

Dschungelcamp zu spannen, oder etwas mehr, möglichst viel Sportnachrichten zu lesen, ein bisschen oder darf es auch ein bisschen mehr sein, zu konsumieren und abends mit Dr. Klein, allein der Name schon ist unüberbietbar, nur noch getoppt von deren extrem primitiven Familien- bzw. Krankengeschichten, brav ins Bettchen zu gehen." Wieder hielt sie inne und griff nach ihrem Glas.
„Brot und Spiele meinst du?", ergriff Frieda das erste Mal das Wort und verstummte gleich wieder, weil sie an einen vergangenen Sommer und Gespräche mit Ben denken musste, Ben, wegen dem sie ihre Apfelplantage verkauft hatte und nach Norddeutschland gezogen war. Ben, der verschwunden war und nun wieder in ihren Gedanken auftauchte, an dem Tag, an dem sie ihre Freundin glücklich um deren Hilfe bei der Organisation ihrer Hochzeit mit Hugo bitten wollte. Frieda griff nach Annas Zigaretten und ihrem Glas. Sie erinnerte sich an den zerknitterten Brief an Gott des Mädchens Christiane, den ihr Ben an einem verregneten Abend in ihrem Bauwagen vorgelesen hatte.

Panem et circenses! Ich krame in den Bruchstücken meiner Erinnerung an den Lateinunterricht, den ich vor vielen Jahren genossen habe. Brot und Spiele! Gleichzeitig fühle ich mich Frieda verbunden und habe Sehnsucht nach Tabak und – wie lange habe ich das nicht mehr getan – einem erfrischenden Glas Sekt am Vormittag. Ein Sektfrühstück ist eine anerkannte gesellschaftliche Mahlzeit, auf die auch ich jetzt unwiderstehliche Lust habe. Schnell gehe ich durch meine Küche in die Vorratskammer und schon stehe ich vor einigen Flaschen, die sich im Laufe der Zeit hier eingefunden haben. Ich kenne mich damit nicht aus und nehme die erste, lasse den Korken knallen und gieße den Sekt in ein Wasserglas, Sektgläser finde ich nicht. Kurze Zeit später sitze ich in meiner gemütlichen Sofaecke und betrachte abwechselnd die Luftbläschen und den Pfeifenrauch auf ihrem Weg nach oben. Nach oben! Annas und Friedas Gespräch zufolge, nimmt unsere Gesellschaft gerade den Weg in die andere Richtung. Ich nehme einen großen Schluck aus meinem großen Glas. Mit „Brot und Spiele" wird eine Zeit in der Geschichte des römischen Reiches bezeichnet, in der sich die Bevölkerung nicht mehr für Politik interessierte, sondern für Massenunterhaltungen. Dies wurde natürlich von den Machthabern unterstützt, um Missstände zu vertuschen, um die Menschen bei Laune zu halten, um hinter deren Rücken ihre eigenen „Spiele" zu spielen. Der römische Dichter Juvenal kritisierte dieses Verhalten satirisch und nannte es: Panem et circenses! Einen weiteren Schluck Sekt und Zug Pfeife später erinnere ich mich daran, dass Juvenals Erkenntnis nicht dazu beigetragen hat, das römische Reich vor seinem Untergang zu bewahren. Als ich mich erinnere, gelesen zu haben, dass, zusammen mit anderen Gründen, ein gravierender Rückgang der Bildung in der entsprechenden Zeit festgestellt werden musste, leere ich mein Glas in einem Zug. Die belebende Kraft des Alkohols vertreibt den Nebel aus meinem Gehirn und ich entsinne mich, dass auch heftige innerrömische Auseinandersetzungen zum Untergang dieses, des weströmischen,

Imperiums beigetragen hatten, während die friedlichen inneren Verhältnisse Ostroms zum Blühen dieses Reiches führten.

„Seit wann rauchst du?", fragte Anna. „Ich rauche nicht", antwortete Frieda und erneut schob sich ein unerwünschtes Bild, sie und Ben am Lagerfeuer, in ihren Kopf und zeigte ihr, wie sie nach Bens Zigarette griff, um daran zu ziehen, „ich heirate!"
„Hugo?", fragte Anna und lachte auf und griff sich an den Kopf. „Wie blöd kann man fragen – natürlich Hugo!" „Ja, natürlich Hugo", strahlte Frieda und drückte ihre Zigarette aus, während sie gleichzeitig das Bild von Ben mit dem letzten Rauch aus ihrem Kopf stieß.
Im gleichen Moment klopfte es an der Tür und Jack und Jamie begannen zu bellen. Schritte polterten und dann steckte Hugo seinen Kopf durch die Tür.
„Ich hole noch ein Glas", freute sich Anna, knuffte Hugo im Vorübergehen in die Seite und kam gleich darauf mit einem dritten Glas und einer dritten Flasche wieder.

8.

Frieda und Hugo standen auf der Aussichtsplattform des Hamburger Flughafens. Schweigend starrte Hugo auf die glänzenden Kolosse, die die Lande- und Startbahnen entlang glitten. Frieda überlegte, ob das Abenteuer Fliegen zu viel für Hugo sein könnte. Sie dachte an ihren Restaurantbesuch im Odins und seine Stressreaktion darauf. Unwillkürlich verstärkte sie den Druck ihrer Hand und spürte dabei den Ring, den er seit gestern auf seinem Finger trug. Hugo drehte sich zu ihr und lächelte sie an. „Das ist so unglaublich!", sagte er leise, obwohl sie fast die einzigen waren, die dem Nieselregen trotzten und draußen standen.

„Bitte frag mich nicht, wie das funktioniert", lächelte Frieda zurück. „Ich weiß nur, dass es etwas mit Geschwindigkeit zu tun hat." „Wie schnell fliegt ein Flugzeug?" Frieda überlegte. „Ich glaube, so ein Passagierflugzeug fliegt ungefähr 1000km in der Stunde", antwortete sie etwas zögerlich. „Zehnmal so schnell wie ein Auto auf der Straße, oder ungefähr sechsmal so schnell wie vorhin Anna auf der Autobahn." Anna hatte ordentlich Gas gegeben, als sie die Frischvermählten zum Flughafen brachte. Hugo hatte hinten so gesessen, dass nur Frieda ihn im Rückspiegel beobachten und sehen konnte, wie sehr er die flotte Fahrt genoss, aber auch Angst hatte, wenn Anna eng an anderen PKW vorbei raste.

„Angeblich merkt man es in einem Flugzeug aber gar nicht, nur beim Start." „Dann freue ich mich jetzt auf den Start", sagte er und zog Frieda in seinen Arm. „Verrätst du mir jetzt auch noch, wohin wir fliegen?" Frieda grinste zufrieden. „Nach Frankfurt, das hast du doch beim Einchecken gesehen."

Sie hatte mit Anna die Vorbereitungen alleine getroffen und Hugo eine Überraschungsreise versprochen. Nicht einmal beim Kofferpacken durfte er helfen, um keine Rückschlüsse auf das Ziel ihrer Reise ziehen zu können. Frankfurt war der Ausgangspunkt ihres Direktfluges nach Tansania, zum Kilimanjaro International Airport. Aber das wusste Hugo noch nicht. Frieda wollte ihm erst während des langen Fluges Bilder, Reiseführer und Prospekte zeigen.

„Lass uns gehen!", meinte sie mit einem Blick auf die Uhr. Hand in Hand gingen sie zur Passkontrolle und stellten sich in die Schlange der Wartenden. Friedas Herz hämmerte gegen ihre Rippenbögen, als sie dem Beamten Hugos und ihren Pass hinschob. Ihre standesamtliche Eheschließung war kein Problem gewesen. Jetzt fühlte sie sich wie eine Verbrecherin als der Zollbeamte ihre Papiere durchsah. Der Mann blickte in ihre Pässe und sah sie dann an. „Frisch verheiratet?", fragte er schließlich und als sie nickte, lächelte er „Herzlichen Glückwunsch!" und schob ihre Papiere zurück. Frieda griff danach und lächelte schwitzend „Danke" zurück.

Da sie lange draußen gewesen waren, blieb kaum Zeit sich im Duty-Free umzuschauen. Sie suchten ihr Gate und konnten das Flugzeug direkt betreten. Frieda schob Hugo auf den Fensterplatz und setzte sich, erleichtert, dass es nur zwei Sitzplätze nebeneinander gab, dazu. Aufmerksam folgten sie den Anordnungen der Flugbegleiterin, die in Zeitlupe vormachte, was zu beachten und tun war. Und dann, endlich, rollte das Flugzeug auf die Startbahn. Und dann rollte und rollte es, raste und ratterte und erhob sich in die Luft, während Hugo und Frieda, in ihre Rückenlehnen gedrückt aus dem Fenster starrten, Hugo hatte sich die Faust vor den Mund gedrückt, vermutlich, um den Jubelschrei zu unterdrücken, und sahen, wie alles dort unten immer kleiner wurde. Dann sahen sie nichts mehr und plötzlich waren sie über den Wolken, flogen ins Blaue und sahen auf das Bett aus kuscheligen Wassertröpfchen.

Hugo stöhnte leise. Seine Augen waren weit aufgerissen. Bewegungslos starrte er hinaus. Frieda gähnte, um den Druck aus ihren Ohren zu lösen, als das nicht half, kramte sie die Kaugummis aus ihrer Handtasche und gab eines Hugo, bevor sie sich selbst eins in den Mund steckte. Das Kauen half.

Drei Stunden später saßen sie in einem größeren Flugzeug erneut an einem Fenster, der dritte Platz neben ihnen war frei geblieben und wieder stöhnte Hugo leise vor Fassungslosigkeit und Wohlbehagen. „Allein dafür hat sich unsere Reise schon gelohnt", flüsterte er Frieda ins Ohr. Und wieder lächelte Frieda zufrieden vor sich hin und dachte an das, was Hugo und sie noch erwarten würde.

Weitere neun Stunden und etwas Schlaf, nach ihrer ausgelassenen Hochzeitsfeier, später, standen sie auf dem Kilimanjaro Airport und Frieda winkte einem Mann, der ein Schild mit der Aufschrift „Hatari-Lodge" in die Höhe hielt. Es war warm, sie schwitzten bereits, ohne irgendetwas zu tun. Um sie herum wuselten, lachten und riefen Menschen, die meisten leicht und sommerlich gekleidet. Viele in bunten Hemden, mit Fotoapparaten in den Händen oder um den Hals. Frieda dachte mit Bedauern, dass sie ihre Kamera zu Hause gelassen und sich auf ihr Handy verlassen hatte.

„Wo sind wir?", wollte Hugo wissen, während sie mit ihren Koffern auf den Mann mit dem Schild zugingen. Er sah verwirrt und müde aus. „Wir sind in Afrika, in Tansania, inmitten des schwarzen Kontinents", raunte Frieda. „Herr und Frau Hammer?", fragte der Mann. „Ja, wir sind das Ehepaar Hammer", bestätigte Frieda und ließ sich ihren Koffer aus der Hand nehmen. „Herzlich Willkommen,

kommen Sie bitte mit!" Hugo betrachtete den schwarzen Mann in seiner kurzen, khakifarbenen Hose und dem dazu passenden Hemd. Sie folgten ihm aus dem Flughafengebäude. Heiße, trockene Luft schlug ihnen entgegen und das Lärmen der Autos und Menschen, die vorfuhren, entluden oder bepackten, durcheinanderriefen und durcheinander liefen. Der Mann ging zu einem offenen Geländewagen und verstaute ihr Gepäck. Dann lud er sie mit einer Handbewegung ein, im Wagen Platz zu nehmen. Frieda und Hugo setzten sich auf die Rückbank, froh, dass ihr Begleiter keine Lust zu reden hatte. Schnell reihte sich der Geländewagen in den Verkehr. Der heiße Fahrtwind trocknete ihren Schweiß, bevor er ausbrechen konnte. Sie saßen Hand in Hand, schweigend, wie ihr Fahrer und sahen mit großen Augen zu, wie schnell sie die Zivilisation verließen und in die afrikanische Steppe eintauchten. Aus dem anfänglichen Chaos auf der Straße wurde Einsamkeit. Der Weg wurde immer dünner und dann verließen sie den Asphalt und holperten eine schmale Spur in den Horizont hinein. Die Landschaft war im Hintergrund bergig und doch weit, scheinbar endlose Grasflächen mit einzelnen Bäumen oder Baumgruppen bewachsen, die Frieda für Akazien hielt. Im Hintergrund türmte sich ein Berg auf, an dessen Flanken Schnee lag. Und sie sahen Tiere. Tiere, die Frieda nur von Bildern kannte oder aus dem Zoo. Tiere, die Hugo noch nie gesehen hatte. Gazellen und Antilopen grasten friedlich, zu Hunderten – oder waren es Tausende? Er umklammerte Friedas Hand und starrte in die Landschaft. Sie sah seine weit geöffneten Augen und dass er stöhnte. Der Jeep holperte durch Löcher und Rinnen. In einem See, den sie passierten, standen Flamingos. Es waren so viele, die in anmutiger Langsamkeit ihre Köpfe ins Wasser steckten. Und dann stand dort, ganz dicht am Straßenrand, ein Büffel, auf dessen Rücken einige Vögel saßen. Sie sah, wie Hugos Nasenflügel bebten und auch ihre Nase sog gierig diesen Geruch ein, der nicht zu beschreiben ist. Der Himmel über ihnen war unglaublich blau und er zeigte ihnen eine Ahnung der Unendlichkeit.

Es dauerte nicht lange, bis der Geländewagen vor einem niedrigen, aber großen Gebäude hielt, es wirkte nicht fremd in dieser Landschaft. Es passte hierher, so wie ein Haus nur in eine Landschaft passen kann. Ihr schweigsamer Fahrer stieg aus und entlud ihr Gepäck. Erneut winkte er ihnen zu folgen und führte sie in das Haus an die Rezeption. In dem großen Raum hingen Bilder und Trophäen, dunkle aber leichte Möbel und einige Pflanzen vermittelten einen gemütlichen Eindruck von dem, was Frieda für typisch afrikanisch hielt. Hugo ging umher und betrachtete die gewaltigen Tierköpfe an den Wänden, die stolz ihre Geweihe in die Luft streckten. Sie wurden von einer freundlichen, jungen Frau begrüßt, die schnell mit Frieda die Formalitäten erledigte. Dann reichte sie Frieda einen Schlüssel. „Möchten Sie heute Abend im Gemeinschaftssaal essen oder in Ihrem Bungalow?" „Im Bungalow", sagte Frieda schnell, erleichtert mit Hugo und ihren vielen Eindrücken alleine sein zu können. „Kommen Sie bitte mit!" Die junge Frau griff nach Friedas Koffer, während Hugo seinen nahm. Sie folgten ihr hinaus, durch eine üppige Vegetation einen Plattenpfad

entlang, der sich um das Haus und einen kleinen Hügel hinaufwand. Schließlich standen sie vor einem kleinen abgelegenen Bungalow. Die Wände waren aus Lehm und weiß getüncht, das Dach war reetgedeckt. Genau wie bei uns, dachte Frieda, aber doch so anders. Die junge Frau stellte Friedas Koffer ab. „Essen um 18 Uhr?", vergewisserte sie sich. Dann nickte sie grüßend „Wir wünschen Ihnen einen schönen Aufenthalt!"
Frieda öffnete die Tür. Sie sah, mit Hugos Kopf hinter ihrer Schulter, in einen weißgetünchten Raum, in dessen Mitte ein großes Bett stand, über dem ein Moskitonetz hing. Decken, Kissen und Gardinen waren in einem schönen Mix aus erdigen und rötlichen Farben gehalten. Ein grünes Dschungelbild vervollständigte die Palette von Afrikas Farben in dem hellen Raum. Ein kleiner, dunkler Schreibtisch stand an der einen Wand, an der anderen ein großer Schrank neben einer weiteren Tür, die wohl ins Bad führte. Statt eines Fensters führte eine Doppeltür auf eine kleine Terrasse, auf der ein paar Gartenmöbel standen. Frieda schob ihren Koffer in eine Ecke und Hugo tat es ihr nach. Dann gingen sie dort hinaus und sie sahen in die weite Landschaft des Arusha Nationalparks, sahen sie, fühlten sie, schmeckten und hörten sie. In ihrer Leichtigkeit lag auch eine Schwere. Champagner, dachte Frieda. Es ist Champagner und kein Sekt. Hugo stand neben Frieda. Seine Augen waren so grün und so blau und Tränen quollen erst vereinzelt und dann immer mehr aus ihnen. „Frieda, Frieda, Frieda", hörte sie seine erstickte Stimme murmeln, „wie unglaublich, unermesslich schön ist diese Welt." Frieda sah ihn an und nahm seine Hände in ihre und

auch aus ihren Augen rannen Tränen. Sie standen dort und blickten in das, was die Natur so einmalig geschaffen hatte und Frieda meinte, dass kein Ort der Welt heiliger sein könne, als so ein Flecken der üppigen ursprünglichsten Natur. In Hugos Arme gelehnt, sahen ihre Augen in den Arusha Park, aber sie sahen auch Zehntausende Gänse schnatternd über die glitzernden Watten der Nordsee kreisen und sie sahen ein paar Ameisen über die borkige und moosige Rinde ihrer Apfelbäume kriechen. Und einen winzigen Moment sahen auch, wie die Menschen darüber hinweg tölpelten und sich darum stritten, was unwert war, erhalten zu bleiben und was man für wertvoll genug hielt, es zu bewahren.

„Tand, Tand ist das Gebilde von Menschenhand", zitierte sie leise Fontane und einen Moment schien es ihr so, als ob dieser Tand auch in Wirklichkeit nicht mehr lange Bestand haben würde.

„Fühlst du dich auch so klein?", fragte Hugo. „Im Flugzeug vorhin, da fühlte ich mich stolz und überlegen und war überwältigt davon, was der Mensch alles kann. Aber nun stehe ich hier und sehe etwas ganz Anderes. Ich bin verwirrt", schloss er.

„Ich weiß es nicht genau, aber mir scheint manchmal, dass das Christentum eine Religion ist, die wenig Respekt vor der Natur und anderen Völkern lehrt", antwortete Frieda, während all ihre Sinne die unberührte und würzige Freiheit des afrikanischen Kontinents atmeten, die an diesem Ort erhalten war. „In der christlichen Schöpfungsgeschichte steht, dass wir uns alles untertan machen und für unsere Zwecke nutzen sollen. Das ist ein hochmütiger Ansatz, der schon viel aus dem natürlichen Gleichgewicht gebracht hat. Du bist nicht davon infiziert, du empfindest Respekt und Liebe für die Natur – so wie es auch sein muss!"

„Und du, Frieda, du doch auch?" Auch während er mit ihr sprach, betrachtete Hugo unverwandt die unglaubliche Weite vor sich.

„Wie du weißt, hatte ich eine Apfelplantage, bevor ich nach Norddeutschland kam, die hatte ich von meinem Vater geerbt und wer so unmittelbar von und mit der Natur lebt, der weiß sie vielleicht auch mehr zu schätzen und weiß, dass alles ein riesengroßes Puzzle ist. Ein 3-D-Puzzle, nein, ein 4-D-Puzzle, die Zeit dürfen wir nicht vergessen."

„Ein 4-D-Puzzle?"

„Ein Puzzle ist etwas, was aus vielen kleinen, unterschiedlichen Teilen zusammengesetzt wird, oftmals ein Bild. Es erfordert viel Geduld und für jedes Teil gibt es nur einen Platz. 4-D steht für die vier Dimensionen: Länge, Breite, Höhe und ich nehme als die vierte Dimension die Zeit. Wenn ein Teil fehlt, dann ist das Puzzle kaputt!"

Hugo wandte sich zu ihr und sah sie verständnislos an. Vor der gleißenden Landschaft in seinem Rücken wirkte er wie ein dunkler Schatten.

„Pass auf! Wenn wir zum Beispiel die Bienen als ein Puzzleteil unserer gesamten Erde betrachten und uns dann vorstellen, die Bienen stürben aus – und sie sind wirklich gefährdet," fügte sie ein, „dann hätte das gewaltige ökologische und ökonomische Folgen. Die Ernten würden viel geringer ausfallen, denn viele unserer Nutzpflanzen würden nicht mehr bestäubt, also besonders Obst und Ge-

müse würden fehlen und unsere Nahrung um einen wichtigen, gesunden Teil verringern. Und weniger bedeutet teurer. So gehört eben alles zusammen. Es hat sich in Millionen Jahren so gefügt und es ist gefährlich, in dieses Gefüge einzugreifen. Angeblich hat Albert Einstein, ein berühmter Wissenschaftler, sogar das Ende der Menschheit, für den Fall, dass die Bienen aussterben, prophezeit." Frieda seufzte. „An diesem Ort hier sehen wir die Erhabenheit der Natur – und fühlen uns zu recht gering!"
„Ist es so schlimm?" Der Druck von Hugos Arm um ihre Schultern nahm zu.
Erneut seufzte Frieda. „Ich weiß es nicht. Es gibt viele, viele Menschen, die sich damit beschäftigen, aber es gibt noch viele, viele mehr, die es nicht tun. Vielen fehlt die Bildung, viele andere wollen es nicht wahrhaben und verharmlosen alles, um sich nicht einschränken zu müssen, ihre Gewinne weiter zu maximieren:
Jeder Teil dieser Erde ist meinem Volk heilig (…), denn die Erde ist des roten Mannes Mutter. (…) Wir wissen, dass der weiße Mann unsere Art nicht versteht. Er behandelt seine Mutter, die Erde, und seinen Bruder, den Himmel, wie Dinge zum Kaufen und Plündern, zum Verkaufen wie Schafe oder glänzende Perlen. Sein Hunger wird die Erde verschlingen und nichts zurücklassen als eine Wüste. (…) Die Erde ist unsere Mutter. Was die Erde befällt, befällt auch die Söhne der Erde. (…) Denn das wissen wir: die Erde gehört nicht den Menschen. Der Mensch gehört zur Erde. Alles ist miteinander verbunden. (…) Die Erde verletzen, heißt, ihren Schöpfer verachten.

Das ist ein Zitat eines Indianerhäuptlings und schon über 160 Jahre alt", fügte sie noch bei. „Ich habe es auswendiggelernt, weil es mir so gut gefällt und mit meinem Glauben und Denken übereinstimmt."

„Das klingt ganz anders, als das, was du über eure Schöpfungsgeschichte erzählt hast, über das Herrschen und untertan machen!", resümierte Hugo, während am Horizont die Sonne unterging, rasche Dunkelheit sich über das Land senkte und es an der Tür klopfte.

Bravo, Frieda, bravo!

Kurze Zeit später saßen die beiden auf ihrer Terrasse und lauschten den vielfältigen und fremden Geräuschen der afrikanischen Nacht. Auf ihren Tellern lagen fremde Gerichte. Fleisch, von Tieren aus diesem Land, Gemüse, das hier gewachsen war. Es schmeckte ungewöhnlich. Frieda überlegte, wie es schmeckte und konnte es sich nicht anders erklären, als dass es nach Afrika, nach allen seinen Düften und Aromen schmecken musste. Ja, so war es. Sie konnte die Gerüche Afrikas riechen und schmecken. Und vielleicht schmeckte es auch ein wenig nach dem Sternenhimmel, der nach so kurzer Dämmerung gewaltig und prachtvoll über ihnen leuchtete. Wie kann es sein, dass der Himmel an einem anderen Ort so anders aussieht, überlegte Frieda.

Ich hebe mein Wasserglas und stoße mit den beiden unter dem funkelnden Nachthimmel an. In ihren Gläsern schimmert Rotwein aus dem Süden des Kontinents, in meinem befindet sich fast nichts mehr.

„Apropos untertan machen", Hugos Augen glitzerten verwegen, „das ist etwas, was auch einem Wikinger gut gefällt." Er streckte seine Hand nach Frieda aus und zog sie, absichtlich ein wenig grob, aus ihrem Sessel. „Das wird dir nicht gelingen!", wehrte sie sich und tat so, als habe sie keine Lust. „Oh, doch! Das wird es!" Hugo griff ihren Arm und drehte ihn auf ihren Rücken, dann schubste er sie in ihren Bungalow und auf das Bett. Frieda verbarg ihre Aufregung hinter einem empörten Quietschen. „Lass das, du Barbar!" „Wie schön deine Brüste schaukeln, wenn du dich wehrst", lachte Hugo und griff nach dem, was ihm so gefiel.

9.

Am nächsten Morgen saßen sie gemeinsam mit den anderen Gästen der Lodge auf der Frühstücksterrasse und ließen sich nach einem Müsli mit Joghurt und frischen Mangos und Ananas die zweite Hälfte ihres Frühstücks, Eier, Speck und Würstchen, schmecken, während sie gleichzeitig kaum die Augen von dem erhabenen Berg, dem Mount Meru, wenden konnten, der die Kulisse ihrer Mahlzeit war. Der mächtige Vulkankegel erhob sich vor ihren Augen, die Flanken von Schluchten und Graten zerfurcht. Eine winzige Sekunde glaubte Frieda in ein uraltes Gesicht zu sehen.
Die Tage vergingen mit Ausflügen in die nahe und fernere Natur, sogar Flusspferde sahen sie am „Hippo-Pool". Sie fuhren mit dem offenen Geländewagen durch die vielfältige Landschaft, berührt und verzaubert von der Schönheit dessen, was sich hier entwickelt und erhalten hatte. Sie

staunten und staunten immer wieder über die vielen Tiere, die, sofern man angemessen Abstand hielt, ungestört durch die Weite und die Wälder des Parks streiften. In dem kleinen Kiosk kauften sie sich T-Shirts und eine Tischdecke mit afrikanischen Motiven, weniger, um sie später zu tragen, mehr, um die Frauen zu unterstützen, die alles in Handarbeit erstellten.

Bei den gemeinsamen Unternehmungen mit den anderen Gästen der Lodge hatte Hugo sich angewöhnt, mehr Fragen zu stellen und ihrer Beantwortung zu lauschen, als selbst zu erzählen. Offenbar erfüllte er damit die Sehnsucht der Menschen, von sich selbst zu berichten und lernte dabei, was in den anderen vor sich ging. Ein deutsches Unternehmerpaar beklagte seine Schwierigkeiten, gute Arbeiter und Angestellte zu finden. „Vollbeschäftigung ist eine tolle Sache, die uns neidische Blicke einbringt, aber manchmal führt sie auch zu seltsamem Verhalten", seufzte Peter, „es gibt angemessene Forderungen nach mehr Lohn und Teilhabe am Wohlstand, aber es gibt auch Leute, die glauben, sie könnten nun für weniger Arbeit, sehr viel mehr Geld bekommen. Ob die auch bereit wären, bei schlechterer Auftragslage wieder auf Lohn zu verzichten?"

„Kannst du das nicht verstehen – bei 8,84 Euro Mindestlohn?", mischte sich Frieda ein. Das sind brutto gerade 1400 Euro im Monat." Sie erzählte von Anna und deren Beobachtung in der Schule. „Da müssen beide Elternteile arbeiten und es bleibt wenig Zeit und Kraft, sich um die Kinder zu kümmern!" „Das stimmt zwar", stimmte Peter zu, „aber wir haben Freunde, die gehören nicht zu den Geringverdienern und deren Kinder verwahrlosen auch, weil beide Eltern arbeiten oder aber ihre Kinder in Luxus und Freizeitstress ersticken!" Missbilligend blickte er auf das Kristallglas, das der Kellner vor ihn stellte. Er hob es gegen das Licht. „Da sind Fettflecken darauf", beschwerte er sich bei dem Mann, in dessen reglosen Gesicht Frieda keinerlei Gefühl erkennen konnte. Rasch griff sie nach dem Glas und tauschte es gegen ihres. „Ich sehe nichts", lächelte sie schnell. „Was machst du eigentlich?", wendete Peter sich an Hugo, nachdem er Frieda kurz angestarrt hatte. Frieda zupfte zufrieden an dem Träger ihres leuchtend roten Abendkleides, dessen Steinchen rund um den Ausschnitt mit dem Sternenhimmel um die Wette funkelten. Hugo sah ihn an: „Ich müsste jetzt lügen, um dir darüber Auskunft zu erteilen. Frag lieber nicht!" Peter stutzte einen Moment. „Aah", lächelte er dann „BND!" Hugo zuckte mit den Achseln. Über den zwei Ehepaaren raste eine Sternschnuppe durch den Nachthimmel. Unbekannte Geräusche drangen aus der Schwärze auf die Terrasse der Lodge, wo sie zusammensaßen und der gescholtene Mann ihre Gläser füllte. „Spätestens seitdem Karl Marx ein Paradies auf Erden versprach und das göttliche Paradies als Illusion bezeichnete, kämpfen die Menschen eben um ein irdisches Glück", stichelte Frieda und lenkte ihn von Hugo ab. „Aber dieses vermeintliche irdische Glück ist doch nichts als Konsum!", mischte sich Charlotte ein, während sie an einem der Goldringe an ihren Fingern drehte. „Das ist vielleicht das, was daraus geworden ist – ursprünglich war es anders gemeint", widersprach Frieda. „Wir haben es schon zu lange falsch vorgelebt bekommen!" „Wie meinst du das?" Peter lehnte sich vor und sah Frieda fragend an. „Seit es die Kirche gibt, lebt sie uns Materialismus vor und auch nicht der Protestantismus hat wirklich geholfen!"

Uff, Frieda nimmt wirklich kein Blatt vor den Mund. Ich erinnere mich, neulich im Radio eine Geschichte, nein, eine Begründung gehört zu haben, warum es in Dithmarschen so viele Kirchen gibt: Die reichen Bauern dort hatten sich durch den Kirchenbau einen hindernislosen Weg in den Himmel erhofft. Worin meine Institution sie natürlich bestärkt hatte und die vielen Gotteshäuser dankend annahm. Meine Hand wandert zu dem Glas, das halbleer vor mir steht, meine Gedanken wandern zu der alten Frau, die gebeugt in ihrem verschlissenen Mantel jeden Sonntag in die Kirche geht und einen Euro oder zwei in den Klingelbeutel wirft. Oder sind es 48 Frauen? 48 Millionen! Nachdem meine zitternde Hand das Glas zum Mund befördert hat, fällt es mir wieder ein: Das war der sogenannte „Notgroschen" des Bistums Eichstätt. Mit krakeliger Schrift male ich die Zahl 48 Millionen auf mein Papier. Daneben schreibe ich 1Millionen. Das sind die Einwohner des Bistums. Wenn davon 5% bedürftig sind, sind das 50.000 Menschen. Ich teile 48 Millionen durch 50.000. 960 kommt dabei heraus. Das Bistum Eichstätt hätte also 50.000 Menschen knapp 1000 Euro schenken können, um etwas Erleichterung in ihr armes Leben zu bringen. Oder 5000 Bedürftigen mit 10.000 Euro helfen können. Die 48 Millionen wären dann weg gewesen – aber das sind sie jetzt ja auch!

„Du glaubst also nicht an die Bibel, an das, was in ihr steht und an ein jenseitiges Leben im Paradies?" Peter sah Frieda an. „Die Bibel und ihre Aussagen sind ein Märchen, um kleine Kinder zu erschrecken. Ein altmodisches pädagogisches Werk, das spätestens durch die Aufklärung seinen Sinn verloren hat, den es vielleicht – das kann ich nicht beurteilen – in einer früheren, einer ungebildeteren, einer einfacher strukturierten Welt einmal hatte. Eine einfache gutböse Struktur, wie in jedem Märchen, um die Menschen in Schach zu halten. Dahinter aber stehen andere Menschen, die sich die Gläubigkeit der Gläubigen zu Nutze machen, sich ein gewaltiges Imperium geschaffen haben, das sie mit Zähnen und Klauen verteidigen." Frieda schnaufte. „Aber das heißt nicht automatisch, einen Glauben zu verleugnen." Sie drehte sich zu Hugo und lächelte ihn an. „Das heißt einfach nur, den Glauben zu modifizieren. Durch die Wissenschaft wurden tausende Dinge erklärt und unser Blick auf die Erde hat sich geändert. Nur die Institution Kirche hängt an Aussagen, die längst widerlegt, veraltet und unpassend sind – warum wohl? Weil es für sie immer sehr einträglich war! Und ich verstehe nicht, dass die Kirche nicht versteht, dass sie viel erfolgreicher wäre, glaubwürdiger, wenn sie die Menschen ins und durchs 21. Jahrhundert begleiten würde." Frieda sah noch immer Hugo an und er sie. „Weißt du, Peter, ich gehe sogar noch einen Schritt weiter und sage", Frieda wandte sich wieder ihrem Gegenüber zu, „dass die Kirche mit ihrem entsetzlichen Hunger auf Besitz und Macht das Vorbild des kapitalistischen Menschen ist – und zwar in seiner schäbigsten Form, denn der Kapitalismus hat ja auch gute Seiten!" Frieda griff nach ihrem Glas, das der schwarze Kellner inzwischen wieder gefüllt hatte und lehnte sich zurück. „Wäre es uns seit zwei Jahrtausenden anders vorgelebt worden, von einer Institution, die die längste Zeit davon außerordentlich viel Macht über die Menschen hatte, dann herrschte jetzt sicherlich eine andere Moral, als die des Geldes und des Konsums!", setzte sie noch oben auf, bevor sie einen großen Schluck aus ihrem Glas nahm.

Prost, Frieda! Ich schließe mich dir vollumfänglich an.

„Hast du gar keine Angst vor dem danach?", fragte schließlich Charlotte, die unbehaglich ihre Ringe drehte. Frieda seufzte und wandte sich erneut zu Hugo. „Wie du siehst, ist die angstmachende Lehre sehr erfolgreich." Sie stupste Hugo sachte mit der Fußspitze an. „Bist du auch so müde?" „Entschuldigt uns", sprang Hugo ein, „das Bett ruft!" Die beiden standen auf und rückten ihre Stühle zurecht. „Im Übrigen bin ich die allerletzte, die nicht an ein spirituelles Existieren nach dem Tod glaubt", setzte Frieda noch hinzu und griff nach Hugos warmer Hand.

„Das Meiste von dem, was du gesagt hast, habe ich gut verstanden", meinte Hugo einige Zeit später, als die beiden dicht aneinander gekuschelt unter ihrer dünnen Decke lagen. „Nur das mit dem Kapitalismus, das musst du mir erklären. Was ist das?" „Wir bezeichnen unsere Wirtschafts- oder auch Gesellschaftsordnung als Kapitalismus. Sie beinhaltet Privateigentum und die Produktion wird über den Konsum gesteuert. Ganz einfach gesagt, ist es das Streben nach Gewinn." „Aber was ist daran schlecht? Und was ist gut?" Frieda drehte sich im Bett zu Hugo um. „Sehr vereinfacht ist die Ausbeutung der arbeitenden Menschen schlecht daran. Erinnere dich, was Peter sagte: Der Kampf seiner Angestellten nach mehr Lohn und sein Kampf dagegen. Durch Mindestlohn und weitere Gesetze ist das Ausmaß der Ausbeutung in Deutschland eingeschränkt. Hinzu kommt aber eine andere Ausbeutung: Die der Natur und ihrer Ressourcen. Wenn immer produziert und konsumiert wird, verbrauchen wir auch immer mehr Rohstoffe. Manche wachsen nach, andere nicht. Fakt ist, dass wir mehr verbrauchen, als die Erde nachliefern kann. In einigen Ländern verbrauchen wir unglaublich viel mehr – auch in Deutschland. Wir hatten das, was uns für ein Jahr zustehen würde, letztes Jahr schon im April verbraucht. Und wenn unseres weg ist, dann nehmen wir es von anderen Ländern und von den nachkommenden Generationen. Wir sind Diebe! Der Tag, an dem alles verbraucht ist, heißt Welterschöpfungstag. Er kommt jedes Jahr früher und die Rechnung dafür müssen unsere Kinder und die Menschen in weniger reichen und mächtigen Ländern bezahlen. Zum Beispiel durch Werbung werden Begehrlichkeiten geweckt. Wir sollen Lust bekommen, diese Dinge zu kaufen. Und so beuten wir aus, was uns nicht gehört. Denk an die Rede des Indianerhäuptlings. Sein Hunger – also unser Hunger – wird die Erde verschlingen und nichts zurücklassen als eine Wüste."

„Jetzt verstehe ich nicht mehr, was du gut daran findest", sagte Hugo nach längerem Schweigen. „Naja", erwiderte Frieda ebenfalls nach längerem Schweigen, „es ist die Freiheit, die darin steckt. Im Kapitalismus kann ein Mensch tun, was er kann. Wenn die Gier nicht so maßlos wäre, wäre es

eine gute Wirtschaftsform. Wenn wir mehr Verantwortung für alles ringsherum und für die Zukunft übernähmen. Wenn wir endlich begriffen, dass die Erfüllung eines Wunsches der Türöffner für den nächsten Wunsch ist."
„Da steckt aber ziemlich viel „wenn" drinnen", stellte Hugo fest. „Ist es denn realistisch, zu glauben, dass diese Bedingungen erfüllt werden?" „Erinnerst du dich an Annas Kummer, als wir bei ihr saßen und sie von ihren Schülern erzählte? Ich glaube, dass der Schlüssel in der Bildung steckt. In einer umfassenden humanistischen und naturwissenschaftlichen Bildung, die nicht darauf ausgerichtet ist, Arbeitskräfte zu produzieren, sondern darauf zu verstehen, Zusammenhänge zu erschließen. Und ich glaube noch etwas, Hugo: Es ist an der Zeit noch einen Satz aus der Bibel zu löschen: *Seid fruchtbar und mehret euch*! Was für ein Quatsch! Schon jetzt leben ca. 7,5 bis 8 Milliarden Menschen auf der Erde. Das funktioniert nur, weil die meisten arm und ärmer sind. Es ginge gar nicht, dass diese Menschen nur den Wohlstand erreichen, den wir beide haben und wir haben noch sehr wenig. Wann sollte denn der Welterschöpfungstag sein, wenn 8 Milliarden Menschen so leben würden, wie du und ich? Es ist eine große, verlogene Scheiße, wenn in der Charta der Vereinten Nationen steht: *Stabilität und Wohlfahrt für alle!* Wie denn bloß, Hugo? Es geht nicht!" Hugo streichelte über Friedas nackte Schultern. „Du hast mir heute viel erklärt, Frieda, aber nun schlaf!"

Während Frieda erschöpft an Hugo geschmiegt einschläft, erinnere ich mich, irgendwo gelesen zu haben, dass Papst

Franziskus dazu aufgerufen hat, sich nicht wie die Karnickel zu vermehren.

10.

Drei Tage später saßen Frieda und Hugo in Mombasa auf zwei alten Kanonen im Fort Jesus und schauten über den indischen Ozean. Der Himmel über ihnen war strahlend blau, der Ozean vor ihnen auch. Hugo streichelte über das heiße Metall, dessen Rohr in Richtung Osten zeigte.
„Fort Jesus", sagte er schließlich nachdenklich, „ist das nicht ein Widerspruch?" Frieda wandte den Blick vom Meer auf ihren Mann. Sie saß rittlings auf ihrer Kanone, baumelte mit den Füßen und hielt ein Eis in ihrer Hand, an dem sie leckte, bevor sie antwortete: „Ein Fort ist eine Befestigungsanlage und dient der Verteidigung. Die Herrschaft über diesen Landstrich hier wechselte oft. Ich habe vorhin am Eingang gelesen, dass es den Briten als Gefängnis diente, bevor es zum Denkmal wurde." Sie lächelte Hugo an. „Also ja und nein. Eine Befestigungsanlage widerspricht friedlichem christlichem Glauben nicht. Inwieweit Gewalt von hier ausgegangen ist, weiß ich auch nicht. Die Portugiesen nutzten es als Zwischenstation auf ihrem Weg nach Ostindien – letztendlich half es also bei der Kolonialisierung." Schnell leckte sie wieder an ihrem Eis, das in der Sonne Kenias dahin schmolz. Dann zuckte sie mit den Achseln: „Also ging doch eine gewisse Form von Gewalt von hier aus."
Schweißperlen rannen über Friedas Stirn und sie hob mit ihrer linken Hand den schweren Zopf in ihrem Nacken an,

um sich etwas Kühlung zu verschaffen. „Lass uns an den Strand gehen!", schlug sie vor, die Augen sehnsüchtig auf das Wasser gerichtet, dessen Farbe schon Erfrischung und Abkühlung versprach.

Hand in Hand liefen die beiden durch das Fort, entlang der Schießscharten mit den Kanonen. Dann liefen sie Treppen zum Strand hinab. Frieda zog auf der untersten Stufe ihre Sandalen aus und Hugo folgte ihrem Beispiel. Barfuß traten sie auf den feinen weißen Sand und rannten zur Wasserlinie. „Oh", entfuhr es Frieda, als sie in das Wasser trat. „Es ist so warm wie eine Badewanne!"

Vergnügt plätscherten sie mit den Füßen im Wasser und spielten mit ihren Fußabdrücken im Sand. Frieda trat in Hugos Abdrücke und sie lachten und freuten sich gemeinsam, dass ihrer so gut in seinen passte. Frieda bückte sich und hob eine Handvoll Sand auf, die sie gleich wieder durch ihre Finger rieseln ließ. „Wie unglaublich fein und weiß dieser Sand ist", stellte sie fest. „Wie lange die Ozeane wohl gebraucht haben, ihn so zu zermahlen? Es ist ja fast Mehl."

Hand in Hand standen sie und blickten über den sachte wogenden indischen Ozean, der so harmlos wirkte, wie eine blaue Bettdecke. „Und wie alt dieses Wasser wohl ist?", überlegte Frieda, während sie gleichzeitig bemerkte, dass sie einmal wieder etwas nicht wusste. Wie alt war das Wasser? Dieses und alles andere? Wie lange schon färbte es den blauen Planeten blau? Und gab es älteres Wasser und jüngeres? Selbst wenn es gefroren war, war es doch Wasser. Konnte außerhalb dessen neues Wasser entstehen?

„Vielleicht hatte ich schon die gleichen Wassertropfen auf meiner Haut, wie du 1000 Jahre vor mir, wenn ich im Hadebyer Noor gebadet habe?" Sie lächelte Hugo an und beiden gefiel die Vorstellung, dass sie auch durch 1000 Jahre getrennt von dem gleichen Wasser liebkost worden waren. Obwohl es heiß war, spürte Frieda wie sich die feinen Härchen ihres Körpers aufrichteten, wie eine Art Frösteln, das es aber nicht war, es war nichts Unangenehmes oder Bedrohliches. Es war ein Gefühl des Respektes und der Ehrfurcht. Es war ein angenehmer Schauer.
„Komm, lass uns weiter am Strand entlanglaufen. Ich möchte sehen, was da hinten ist." Hugo zog sanft an ihrer Hand und nickte in Richtung Norden die Uferlinie entlang. In einiger Entfernung endete der weiße Strand in Geröll und Bäumen, die sich tief über das Wasser zu beugen schienen.

Frieda erzählte mir, dass sie bis zu den Mangroven gelaufen waren, die den Sandstrand begrenzten. Hugo und sie waren wie Kinder über die verschlungenen Wurzeln dieser erstaunlichen Bäume geturnt. Sie waren darüber balanciert und hatten sich über das kristallklare Wasser gebeugt, um zu sehen, wie die Welt jenseits des Meeresspiegels aussah.
„Weißt du, dass alles Leben aus dem Wasser stammt?", hatte Frieda, während sie neben Hugo auf einer riesigen Wurzel kniete und ins Wasser starrte, gefragt.
Während die beiden in die Vergangenheit und Gegenwart des Lebens tauchen, gehe ich in meine Speisekammer, da mir ein Gedanke gekommen ist. Aquavit heißt dieser Ge-

danke und er befindet sich in einer hohen, schlanken Flasche im obersten Regal. Das Lebenswasser ist von einer Staubschicht bedeckt, die ich schnell fortblase. Dann schenke ich mir ein kleines Glas ein. Auf diese Art und Weise leiste ich den Beiden Gesellschaft. Das „Wasser des Lebens" – während Hugo und Frieda mit ihren Händen darinnen spielen, umspült es die Klippen meiner Zähne, bevor es sich in den Abgrund meiner Kehle stürzt und anders als es Wasser sonst tut, keinen Brand löscht, sondern ein nettes Feuer auf dem Weg in meinen Magen entfacht.

Hugo hatte gelacht und ihr einen Stoß gegeben, der sie von der Wurzel ins Wasser beförderte. „Dann will das Leben bestimmt auch wieder hinein?", hatte er scheinheilig gefragt und sich – bevor Frieda ihn packen konnte, freiwillig hinterher gestürzt. Wir lassen die Zwei plantschen und toben. Frieda hatte mir erzählt, dass sich der Zweikampf in nasser Kleidung rasch zu etwas Anderem entwickelt hatte. Obwohl sie verlegen war und ihr Gesicht eine Röte aufwies, wie meines nach einem Tag ohne Sonnencreme, hatte sie mir erzählt, dass sie beide hinterher wie panierte Schnitzel ausgesehen und in einem erneuten Bad ihr Peeling vollendet hätten.

Erst habe ich mich gewundert, dass Frieda mir auch solche Dinge erzählte, aber dann habe ich verstanden, dass sie sie beim Erzählen noch einmal erlebte, dass sie sie lebendig hielt, indem sie sie versprachlichte.

Da ich mir nicht ganz sicher bin, ob das Feuer in meinem Magen eher angenehmer oder unangenehmer Natur ist, nehme ich einen weiteren Schluck, um die Wirkung zu überprüfen. Derweil spazieren Hugo und Frieda müde, hungrig und glücklich zurück nach Mombasa.

Rechts und links des lehmigen Weges standen Hütten. An seinen Rändern bahnten sich schmierige und stinkende Kloaken ihren Weg. Hugo fasste Friedas Hand, während sie ihren Weg durch das Elend in Richtung Innenstadt suchten und Mühe hatten, sich nicht zu offensichtlich zu ekeln oder gar die Nase zuzuhalten. Bei manchen Hütten führte das Rinnsal des Grauens direkt vor dem Eingang entlang, so dass die Bewohner einen Schritt darüber hinweg in ihr Zuhause machen mussten. Frieda wollte erst gar nicht darüber nachdenken, wie es wohl bei Regen wäre. Unter den rostigen Wellblechdächern musste die Luft dampfen.
„Warum sind wir bloß hier entlanggegangen?", fragte sie Hugo. „Es muss wie ein Sightseeing des Elends auf die Menschen hier wirken. Als seien sie Tiere im Zoo, die wir begaffen und heute Abend fröhlich in unserem Touristenressort beim Glas Champagner über die Ungerechtigkeit auf der Welt philosophieren."

Während Frieda sich nach einem Glas eiskalten Champagners und Gesprächen über die Ungerechtigkeit sehnt, fällt mein Blick auf eine, wie zufällig aufgeschlagene Bibel auf meinem Tisch und ich lese in Paulus Mahnungen an Timotheus, dass dieser nicht nur Wasser, sondern auch Wein trinken solle – mit Rücksicht auf dessen Magen und seine häufigen Krankheiten.

Was dem einen recht ist, sollte dem anderen billig sein. Ich greife nach meinem Glas Aquavit und tue etwas für meine Gesundheit! Ob Wein oder Branntwein!

„Aber wie kommt es zu diesen Ungerechtigkeiten?", fragte Hugo und betrachtete einen kleinen Jungen, der ihn betrachtete und dessen gelbes, schmutziges T-Shirt die blaue Aufschrift Nestlé trug und über dem runden Bauch des mageren Jungen spannte.
„Ach, da gibt es wohl verschiedene Antworten", überlegte Frieda und zog an Hugos Hand, um schneller von diesem Ort zu kommen, der ihr Unbehagen einflößte.
„Ich glaube, es ist so, wie es eigentlich immer und überall ist. Es ist ein Resultat der Korruption." Sie überlegte weiter. „Aber dabei muss man natürlich überlegen, wie es zur Korruption gekommen ist." Während Frieda Hugo durch den roten Matsch der Hüttenquartiere Mombasas zerrte, erinnerte sie sich an eine alttestamentarische Bibelstelle, die gerade zur Kolonialzeit als Legitimation des Imperialismus gedient und die sie in ihrer Schulzeit durch ihren Religionslehrer kennengelernt hatte.
„Noah, der nackt und betrunken in seinem Haus lag, wurde von seinem Sohn Ham gefunden und dieser erzählte seinen Brüdern davon. Diese gingen und bedeckten ihren Vater ohne ihn anzuschauen und berichteten ihm, als er aus seinem Rausch erwachte, dass Ham ihn nackt und betrunken gesehen – ihm aber keinen Respekt erwiesen habe. Daraufhin verfluchte Noah seinen eigenen Sohn, der der Vater des

Landes Kanaan war mit allen seinen Bewohnern und befahl, dass Kanaan ein Knecht unter seinen Brüdern sein solle."

Obwohl es heiß war, lief eine Gänsehaut über Friedas Rücken und ihre Beine hinab. Sie schüttelte sich.

Hugo schwieg. Dann fragte er nach: „Da hat sich also dieser Noah so volllaufen lassen, dass er sich nackig abgelegt hat und verflucht dann seinen Sohn und alle für die dieser verantwortlich ist, dafür, dass er seinen Vater so gesehen hat?" Frieda nickte. Hugo lachte. „Dann hätte mein Vater mich und meine Familie hunderte Male verfluchen müssen – mich und ganz Haithabu." Er besann sich kurz. „Ich glaube, es gibt kaum jemanden in Haithabu, der meinen Vater noch nicht betrunken und noch nicht nackt gesehen hat. Was soll so schlimm daran sein?"

„Mangelnder Respekt", mutmaßte Frieda. Erneut lachte Hugo. „Was hat das denn mit Respekt zu tun? Der Vater müsste sich höchstens bei seinem Sohn entschuldigen und wenn er sonst ein guter Vater ist, dann wird sein Sohn ihm das Saufen wohl nachsehen." Hugo zuckte mit den Achseln. „Nun, das ist bei uns jedenfalls anders!" Frieda betrachtete ihn von der Seite. Es war das erste Mal, dass Hugo so entspannt von Haithabu und sogar von seinem Vater sprach. Sie bemerkte, dass er im Präsens sprach, gerade so, als ob sein Haithabu in einer Parallelwelt existierte. Die Ungeheuerlichkeit, die Bewohner eines ganzen Kontinentes aufgrund einer Textstelle aus dem Alten Testament zu versklaven, auszubeuten und zu diffamieren, hatte ihn offensichtlich genug verärgert, um seine sonstige Zurückhaltung einen Moment zu vergessen. Frieda wünschte sich mehr von ihm über sein Leben in Haithabu zu erfahren und wollte gerade nachfragen, als Hugo sie fragte: „Und? Wie ging es dann weiter?"

„Ich kann dir das nur ungefähr ab der Kolonialzeit erzählen", überlegte Frieda. „Hams Söhne wurden Knechte. Das Bild, das man gemeinhin von ihnen hatte, entsprach dem eines „Koloss mit gebräunter Haut, mit tierischem Antlitz ohne Gedanken....., mit fliehender Stirn ohne Höhe unter der Wolle der krausen Haare", zitierte sie aus dem Kopf aus einem Buch der europäischen Kolonialgeschichte einen Teil eines Referates, das sie einmal zu diesem Thema gehalten hatte. „Sie waren Wesen, die zum Arbeiten benutzt wurden, denen aber kaum eigene Intelligenz zugesprochen wurde. Selbst eine sehr berühmte Schriftstellerin, die eine Fürsprecherin der Abschaffung der Sklaverei war, beschrieb Hams Kinder so. „Man muss sich daran erinnern, daß der Neger ein Geschöpf aus der üppigsten Umgebung der Welt ist und tief in seinem Herzen eine Leidenschaft für alles Glänzende, Reiche und Phantastische hat – eine Leidenschaft, die durch die kindische Freude, mit der er sich ihr hingibt, ihm oft das Spottgelächter der kälteren, weißen Rassen zuzieht."

Hugo schritt schnell neben Frieda her und sah erneut zu dem Jungen mit dem gelben T-Shirt, der sich ihnen angeschlossen hatte und mit etwas Abstand neben ihnen lief. Das T-Shirt sah aus, als sei es das Einzige, was er besaß. Es war löchrig und schmutzig.

„Eine Leidenschaft für alles Glänzende und Reiche" wiederholte er und blickte von dem Jungen weg auf die schäbigen Hütten mit ihren rostigen Wellblechdächern. „Wer die wohl hat?"

Der Teufel steckt im Detail, denke ich, als ich über die Sätze der Beecher-Stowe grübele, mit denen sie in ‚Onkel Toms Hütte' ein Statement über eine ganze Rasse geäußert hat. So wohlmeinend. Der Teufel hat den Schnaps gemacht, höre ich mich dann summen, während meine Hand nach dem Glas greift. Und als im Überschwang meines Durstes ein Teil der Flüssigkeit über mich kleckert, murre ich weiter: Wer ist der Typ im Spiegel? Warum ist ihm nur so übel?

„Wie geht es weiter, Frieda?", wollte Hugo wissen. „Nun", dachte Frieda laut nach: „Ich glaube, es war der Zweite Weltkrieg, der wesentlich dazu beigetragen hatte, dass es zu der sogenannten Dekolonisierung kam, in der sich die Kolonialmächte aus ihren Kolonien zurückzogen oder auch zurückziehen mussten, da die eigentliche Bevölkerung um ihre Autonomie kämpfte. Damit war dann – zumindest auf dem Papier – Schluss mit der Ausbeutung und Fremdbestimmung. In Wirklichkeit kämpfen viele dieser Länder noch heute mit den hinterlassenen kolonialen Strukturen – zum Beispiel mit willkürlich gezogenen Grenzlinien, die ethno-religiöse Spannungen auslösen. Der Zustand der Dekolonisierung ist also keinesfalls abgeschlossen. Außerdem entsteht durch die Politik einiger Industrienationen und Wirtschaftsgiganten, ehemalige Kolonien wirtschaftlich und politisch abhängig zu halten etwas, was wir Neokolonialismus nennen. Ein ganz großes Thema ist dabei der Kauf von Wasserrechten, die ortsansässigen einheimischen Bauern oft jegliche Möglichkeit nimmt, selbst ausreichend anzupflanzen und zu bewässern. Oder sie müssen das Wasser dann teuer zurückkaufen." Frieda seufzte tief. Der Junge mit dem Nestlé-T-Shirt lief noch immer neben ihnen und beobachtete sie aus großen Augen.

„Im Kongo sind Kobalt-Minen, das man beispielsweise zur Herstellung von Akkus braucht, hauptsächlich in chinesischer Hand. Daraus resultiert wenig Gewinn für die Bevölkerung, die dann auf eigene Faust gräbt." Sie seufzte noch tiefer. „Gerne auch kleine, schlanke Kinder, die in unsicheren Stollen ohne Schutzkleidung ihre Kindheit verbringen – damit wir in Europa E-Autos fahren können und unsere Luft und unser Gewissen rein bleibt."

Nun – ich weiß jetzt, warum mir so übel ist. Das bisschen Alkohol spielt dabei gar keine Rolle. Worte August Bebels fallen mir ein. „Und das treibende Motiv ist immer nur Gold, Gold und wieder nur Gold…"
Ich greife nach einem Buch über Bebel und schnell finde ich ein Bild von ihm, wie er am 17.02. 1894 vor dem Reichstag steht und spricht:
„Meine Herren, was bedeutet aber in Wahrheit Ihre christliche Zivilisation in Afrika? Täuschen Sie sich doch nicht darüber, oder versuchen Sie nicht, Andere zu täuschen – denn ich kann unmöglich glauben, daß Sie sich darüber täuschen – also: was bedeutet in Wahrheit diese ganze sogenannte christliche Zivilisation in Afrika? Äußerlich Christenthum, innerlich und in Wahrheit Prügelstrafe, Weibermißhandlung, Schnapspest, Niedermetzelung mit Feuer und Schwert, mit Säbel und Flinte. Das ist Ihre Kultur. Es handelt sich um ganz gemeine materielle Interessen, ums Geschäftemachen und um nichts weiter!"

„Vater, vergib ihnen", murmele ich leise vor mich hin „obwohl sie wissen, was sie tun", setze ich leicht verändert einige der letzten Worte unseres Herrn Jesus Christus fort.
Und dann nehme ich plötzlich mein Glas und schmeiße es wutentbrannt an die Tür. Es prallt gegen das Holz und poltert zu Boden und – es bleibt ganz – was mich noch wütender macht, obwohl ich anderenfalls die Scherben wegfegen müsste.
„Oder lass es sein!", fauche ich, „denn sie wissen allzu gut, was sie tun. Gestern wie heute."

11.

Frieda trat gerade mit zwei geöffneten Bierflaschen hinaus auf die Terrasse, als die Feuerwehrsirenen zu schrillen begannen. Ohrenbetäubendes Kreischen erfüllte den Abendhimmel. Eben hatten noch ein paar späte Vögel in den Sonnenuntergang gezwitschert, den sie mit Hugo draußen genießen wollte. Kurz starrten sich beide erschrocken an.
„In die Klamotten und los", rief sie Hugo zu, der im Blumenbeet kniete und mit erdigen Fingern Unkraut zwischen den Hortensien herausriss. Gemeinsam stürmten sie ins Schlafzimmer, wo Hugo seine Hose abstreifte, während Frieda seine Feuerwehrsachen aus dem Schrank zog. Mit vor Eile ungeschickten Fingern zerrten beide an den Sachen, bis sie so aussahen, als seien sie alle am rechten Fleck. Im Flur griff Hugo nach den schweren Stiefeln und zwängte seine nackten Füße murrend in das steife Leder, während die Sirene fordernd auf und ab jaulte. Dann rannte er grußlos aus dem Haus, gefolgt von Jamie, der die Hoffnung

hatte, mitlaufen zu dürfen und schwang sich auf das alte Fahrrad, das an der Haselhecke lehnte. Die wenigen hundert Meter zum Feuerwehrhaus war er so schneller, als wenn er das Auto aus der Garage gefahren hätte. Frieda sah ihm hinterher. Ihr Herz klopfte. Es war sein erster richtiger Einsatz.

Kurze Zeit später hörte sie eine andere Sirene, deren Klang sich schnell entfernte. Die Männer der Freiwilligen Feuerwehr waren auf dem Weg. Frieda ging auf die Terrasse und griff nach einer der Bierflaschen, die sie auf den Gartentisch gestellt hatte. Sie setzte sie an den Mund und trank.

Eine Stunde später saß sie noch immer dort und drehte die leere Flasche zwischen ihren Händen. Ihre Augen suchten den Horizont ab. Wo hatte es gebrannt oder brannte es immer noch? Sie schnupperte. Sie lauschte. Ihre Finger knibbelten an dem Papier, das um den Flaschenhals klebte. Kleine Fetzen davon lagen um ihren Gartenstuhl verteilt. Ihr rechtes Bein wippte über dem linken. Dann schlug sie das linke über das rechte. Jetzt wippte das. Inzwischen war es so dunkel, dass sie nichts mehr erkennen konnte. Aus der Ferne hörte sie hin und wieder ein Auto die kurvige Landstraße entlangfahren. Sonst war es still und ruhig.

Frieda betrachtete die zweite Bierflasche, die sie für Hugo mit in den Garten genommen hatte. Schließlich ergriff sie sie und nahm einen kleinen Schluck. Und dann noch einen zweiten. Und einen dritten. Etwas später stand sie auf und ging ins Haus. Als sie zurückkam, hatte sie ihre Zigaretten dabei, die sie in ihrer Handtasche aufbewahrte, weil sie nur auf der Arbeit rauchte, da Hugo es nicht mochte, wenn sie nach Rauch roch und schmeckte. Sie steckte sich eine an und hielt die Bierflasche in der anderen Hand. Schließlich drückte sie die Kippe aus und ging in die Küche, in der noch ein wenig ungespültes Geschirr vom Mittagessen stand. Seufzend betrachtete sie die Bratpfanne. Niemand hatte daran gedacht, Wasser auf die angebratenen Essensreste zu geben und sie einzuweichen. Nun musste sie das unansehnliche Zeug wegschrubben. Sie drehte den Wasserhahn auf und wartete darauf, dass warmes Wasser kam. Gleichzeitig hielt sie die Pfanne unter den Strahl, um wenigstens die loseren Klumpen wegzuspülen.

Während sie die Pfanne bearbeitete, merkte sie, dass sie nach draußen lauschte, ob sie etwas hören konnte. Neben ihr saß Jamie, der ihre Aktivitäten, wie immer in der Küche, aufmerksam verfolgte. Aus dem Radio erklang irgendein Gedudel, das sie nervte. Sie trat zu der Fensterbank, auf der das Radio stand, um es auszustellen, als die Stimme des Moderators einen Verkehrshinweis infolge eines Brandes gab. Statt aus stellte sie nun lauter: „Die L187 ist noch immer vor der Ortseinfahrt Grünholz gesperrt, da die Lösch- und Aufräumarbeiten andauern und Rettungsfahrzeuge im Einsatz sind", tönte die Ansage und fuhr fort mit der Bitte für Ortskundige, diese Gegend zu umfahren und die Arbeiten nicht durch Sensationslust und Gafferei zu behindern.

Frieda drehte das Radio aus. Nun wusste sie, wo Hugo war. Kurz dachte sie darüber nach, was Menschen wohl veranlasste, in solchen Situationen im Wege zu stehen oder auch keine Rettungsgassen zu bilden oder an Unfällen vorbei zu schleichen, um eventuell mit Fotos im Internet bei anderen Trotteln zu punkten. Dann blieben ihre Gedanken bei den

Worten des Moderators hängen, der von Rettungsfahrzeugen im Einsatz gesprochen hatte.

Meine rechte Hand, die schon wieder des Längeren den Füller hält und ihn über das Papier gleiten lässt, ist verkrampft – genauso wie sich mein Herz verkrampft, wenn ich daran denke, wie unsere Gesellschaft verroht und sich an dem Unglück anderer weidet. Und auf der Jagd nach „Klicks und Likes" die elementarste Regel unserer „menschlichen" Gesellschaft – die Mitmenschlichkeit – vergisst.
Ich gestehe es meiner rechten Hand zu, den Griff um den schmalen Füller zu lösen und sich mit dem Griff um ein breiteres Glas zu entspannen.

Indessen fiel Friedas Blick auf den Autoschlüssel, der achtlos neben dem Radio auf dem Fensterbrett lag.

Meine rechte Hand entspannt sich also im Griff um das kühle Whiskyglas und ich mich durch die brennende Spur, die dessen Inhalt meine Speiseröhre hinab in meinen Magen zieht, als ich mich an ein Interview erinnere, welches ich kürzlich im Wartezimmer meines Arztes las, den ich wegen meiner immerwährenden Magenprobleme konsultierte und in dem das „Böse" in jedem Menschen thematisiert wurde, da zumindest etwas Sadistisches in unterschiedlicher Ausprägung in jedem von uns vorhanden sei. Ein Aufwachsen in einer Umgebung, in der es nichts Ungewöhnliches sei, andere schlecht zu behandeln, fördere die mangelnde Empathie konnte ich dort nachlesen und fragte

mich sofort, ob der Zugang über das Internet – als eine Möglichkeit der kindlichen und jugendlichen Umgebung – zu allen möglichen Grausamkeiten, als ein Aufwachsen in einer empathielosen Gesellschaft betrachtet werden könnte.
Ach, man kommt ja vom Hundertsten ins Tausendste. Fällt mir doch prompt dabei ein, dass mir vor einigen Monaten in einem längeren Gespräch eine Lehrerin von einem Schüler berichtete, der unumwunden zugab, in seinen Augen war es vermutlich gar kein Zugeben, im Internet Tötungsvideos zu schauen und dieses gar als „lustig" zu empfinden.
Ihr Einwand dem Schüler gegenüber, dass das der jeweilige Betroffene zu exakt der gleichen Zeit, immerhin kann man da das Geschehen live verfolgen, sicherlich ganz anders bewerte, hinterließ ihren Berichten nach keinerlei Eindruck bei dem baldigen Abiturienten.
Zurück! Technik schafft Distanz. Distanz schafft – unter Anderem – Dehumanisierung. Ich habe mir sagen lassen, es sei ungleich leichter, einen Menschen zu erschießen, als zu erstechen. Wahrscheinlich ist es auch ungleich leichter, das Sterben eines Menschen über ein Internetvideo zu sehen, als es im gleichen Raum zu betrachten. Oder? Oder nicht?

Frieda ergriff den Schlüssel. Die Ader über ihrer rechten Schläfe pochte. Der gemeinsame Blutkreislauf, den sie seit ihrer ersten Berührung Hugos spürte, pumpte ihr Blut pochend und arhythmisch durch seine Gänge.

Frieda, ach Frieda, es zuckt in meiner entspannten rechten Hand, deine Geschichte weiter zu erzählen, aber vorher muss ich noch meinen unvollendeten Gedanken über die Mitmenschlichkeit oder auch Nächstenliebe fortführen.

„Du sollst deinen Nächsten lieben wie dich selbst" ist ein Gebot aus der Tora des Judentums, das durch Jesus auch ein zentraler Begriff des Christentums wurde. Diese Nächstenliebe, dieses gedankliche und emotionale Zentrum unseres Handelns, vergessen wir, wenn wir auf der Autobahn nicht zur Seite fahren, um einem Rettungswagen, entschuldige Frieda, du bist mit allergrößtem Recht ungeduldig und vor allem besorgt, freie Fahrt zu ermöglichen.

Nächstenliebe, im Lateinischen Caritas, bedeutet nicht, Handyfotos zu schießen und die Liebe unserer Nächsten anhand der Anzahl der Likes gewährt zu bekommen. Caritas bedeutet, gerade jetzt fällt mir ein, gerade kürzlich den Beitrag eines Religionskritikers als Internetvideo gesehen zu haben, in dem er behauptete, die Caritas, also der Dachverband der sozialen Hilfsorganisation der römisch-katholischen Kirche, gäbe gerade nur 1,8% der Beiträge zur Wohlfahrt, den Rest – kann man bei 98, 2% von Rest sprechen? – bezahle die öffentliche Hand – also meine – naja, also Caritas bedeutet WOHLTÄTIGKEIT.

Frieda vertröstete Jamie, der auf einen späten Spaziergang hoffte, mit einem Leckerchen und griff nach einer Jacke und ihrer Handtasche im Flur. Dann eilte sie in die Dunkelheit hinaus zu ihrem Auto. An der Kreuzung im Dorf bog sie in die Richtung ab, die der Verkehrsfunk als gesperrt gemeldet hatte und beschleunigte so sehr es ihre Nachtblindheit zuließ. Ihre Hände umklammerten das Lenkrad, ihre Augen waren auf die Mittelstreifen gerichtet, an denen sie sich orientierte und schwitzend hoffte sie, dass ihr niemand entgegen kam.

Schon von weitem sah sie das blaue Licht der Polizeiautos, das durch die Nacht geisterte. Dahinter waren die Lichtstrahler der Feuerwehr auf die qualmenden Reste eines Hauses gerichtet. Menschen eilten hin und her. Frieda bremste ab und ließ sich auf das Polizeiauto zurollen, das quer auf der Landstraße stand und den Weg versperrte. Sie stellte den Motor ab und sprang aus dem Auto, dem Polizisten entgegen, der ihr mit abwehrenden Armbewegungen bedeutete, dass sie ihr nichts zu suchen habe.

„Mein Mann", rief sie, „mein Mann ist dort in Gefahr!" „Nun mal ruhig", erwiderte der Polizist und fasste sie leicht am Ellenbogen. „Wer ist denn Ihr Mann?" „Ein Feuerwehrmann, ein Feuerwehrmann aus Niesgrus", brachte sie hervor, während ihre Augen die Menschen im Hintergrund scannten, in der Hoffnung, Hugo zu entdecken. „Name?", fragte der Polizist. „Hugo. Hugo Hammer", jammerte sie. Gleichzeitig entdeckte sie ein bekanntes Gesicht. „Hannes!", schrie sie. „Hannes!"

Der Mann hatte ihren Ruf gehört und drehte sich zu ihr um. Er rief einem anderen etwas zu und kam dann in ihre Richtung gelaufen. „Ist in Ordnung, lass sie durch", schnaufte er in Richtung des Polizisten, der seine Hand von ihrem Ellenbogen nahm und den Weg freigab. Frieda stolperte Hannes entgegen und starrte ihn ängstlich an. War es Schuldbewusstsein, was sie in seinem Gesicht sah?

„Mensch, Frieda", sagte Hannes, „gerade habe ich versucht, dich anzurufen." Sie dachte kurz an ihr Handy und in ihrem Kopf blitzte ein Bild auf, in dem ihr Handy auf dem

Gartentisch neben dem Aschenbecher lag. „Warum? Was ist? Wo ist Hugo?" Frieda stammelte. Hannes sah sie an. „Dein Mann, Frieda, der ist da rein und durchgegangen wie ein Berserker. Ohauha, der hat da drinnen", er nickte in Richtung der schwelenden Ruine, „getobt wie ein Irrer. Wir haben ihn schreien und Möbel schmeißen hören trotz des Lärmes des Feuers." Frieda erblasste. „Wie ein was?" „Ein Berserker, so ein wahnsinniger Wikinger, der im Kampfesrausch keinen Schmerz und keine Wunde fühlt", glaubte Hannes Frieda erklären zu müssen, was ein Berserker ist. „Aber, oh Mann, oh Mann, der hat die Kinder gerettet. Das hätten wir nie mehr geschafft." Er seufzte und sah kurz zu Boden. „Wo ist Hugo?", schrie Frieda. Sie spürte einen heftigen Schwindel. „Ach so, ja, Hugo und die Kinder sind in der Diako. Boah, war der schnell", plapperte Hannes weiter. „So schnell, wie der Gedanke zwischen Mann und Frau – zack, aus den Klamotten und zack, rein ins Haus." „Aus den Klamotten?", stöhnte Frieda. „Ja, genau, tja, deswegen ist er in der Diako und hat er ja auch die Verbrennungen und wegen der Rauchvergiftung." Hannes stoppte seinen Redefluss. Frieda sah, wie er in Gedanken alles noch einmal erlebte. Dann sah er sie wieder an: „Danach ist er wie tot zusammengebrochen – völlig erledigt!"

Als Frieda mir diese Stelle erzählte und wie es ihr dabei ging, dass sie fühlte, wie sie erblasste, wie ihr das Blut aus dem Kopf wich und sie taumelte, konnte ich mir die leichenhafte Blässe ihres Gesichtes gut vorstellen. Anders als Frieda wusste ich aber nur ungefähr, was ein Berserker ist und googelte das, nachdem sie mein Haus verlassen hatte.

Wikipedia erzählte mir, dass die Berserker in mittelalterlichen Quellen mal als Elitekrieger mit dem gefährlichsten Platz beim Kampf, mal als Verbrecher bezeichnet wurden. Die Raserei im Kampf wurde willkürlich herbeigeführt. Ihr rücksichtsloses Vorgehen und das stark reduzierte bis vollkommen neutralisierte Schmerzempfinden konnte in Schlachten entscheidende Wendungen herbeiführen. Dem Berserkergang folgte meist eine totale Erschöpfung – manchmal bis zum Tod. Nach der Durchsetzung des Christentums wurde es verboten, sich in Berserkerwut zu versetzen. Arme Frieda!

Etymologisch stammt das Wort aus dem Altnordischen und ist eine Zusammensetzung aus dem Wort „serkr", was Gewand oder Waffenrock bedeutet und eventuell aus dem Wort „bar", was mit bloß oder frei übersetzt werden kann. Also: ohne Kleidung!

Den Berichten zufolge hatte Hugo seine Feuerwehrkleidung von sich gerissen, laut brüllend nebenbei bemerkt, und war nur in Unterwäsche und barfuß in das brennende Haus gestürmt.

Arme, arme Frieda! Neben der Sorge um ihren Mann auch noch die Frage, wen oder sogar was sie geheiratet hatte. Ja, ihre Blässe war nachvollziehbar!

Während Frieda das Auto wendete und sich auf den einsamen Weg nach Flensburg in die Diako machte, überlegte sie: Träumte sie? Träumte sie einen langen, sehr langen Traum? War das die Erklärung für all das Unerklärliche? Wo und was wäre sie, wenn sie erwachte – falls sie träumte? Wollte sie erwachen?

Sie versuchte es damit, sich zu kneifen. Angeblich war das ja ein Mittel um festzustellen, ob man träumte. Frieda stellte fest, dass das Kneifen weh tat und während sie das feststellte, kam ihr eine Erinnerung an ihren Schulunterricht, in dem ihr Philosophielehrer sich abgemüht hatte, ihnen Descartes zu vermitteln. „Cogito, ergo sum", resümierte sie, während sie noch schneller als auf dem Hinweg über die Landstraße brauste, auf die Mittelstreifen starrte und sich an die festinstallierten Blitzer zu erinnern bemühte.

Ihre Erinnerung wurde deutlicher. Sie sah ihn vor sich, Herrn Hartmann, einen kleinen, älteren Herrn, der sich für sein Fach eiferte und dem die Schüler auf den Fluren hinterher kicherten „Sei doch mal hart, Mann", was mit steigendem Alter immer anzüglicher getuschelt wurde.

„Nun hatte ich beobachtet, dass in dem Satz: „Ich denke, also bin ich" überhaupt nur dies mir die Gewissheit gibt, die Wahrheit zu sagen, dass ich klar einsehe, dass man, um zu denken, sein muss." Diesen Satz von Descartes hatte sie als Herleitung seines „Ego cogito, ergo sum" für eine Klausur gelernt. Nun war er also wieder da, aber er beantwortete ihr nicht die Frage, ob sie träumte oder wer sie war – nur, dass sie war. Da Hugo ebenfalls dachte, musste er auch sein – nur wer?

Sie erreichte die Kreuzung, an der die L248 auf die B199 stieß und setzte den Blinker links. Noch circa dreißig Minuten! Ihr Auto glitt unter dem geheimnisvollen Sternenhimmel gen Norden und plötzlich dachte sie, bei dem Blick in die Sterne, das erste Mal seit langer Zeit wieder an Ben. Er hatte ihr von dem Sternenhimmel erzählt und ihr anhand der Unermesslichkeit des Universums die Größe seiner

Liebe zu ihr erklärt. Ben, dachte sie und sofort danach: Hugo! Plötzlich wie eine Sternenschnuppe war er ihr in den Schoß gefallen. Dann aber kam ihr der Gedanke, dass er ja wirklich nicht vom Himmel, sondern aus der entgegengesetzten Richtung zu ihr gekommen war.

Von unten. Aus der Unterwelt.

„Du, der du entsprungen bist vom Blut der Götter, Trojaner, Sohn des Anchises, leicht ist der Abstieg zum Avernus: Nacht und Tag ist das Tor zur schwarzen Welt geöffnet; doch deine Schritte zurückzuverfolgen und aufzusteigen zurück zum Licht, das ist Qual, das ist Mühe….." zitierte sie, plötzlich ein weiteres Fragment ihres Schulunterrichtes im Kopf habend. Vergil, fiel es ihr ein.

Avernus war nichts anderes als ein See in Italien in der Nähe Neapels, der früher als Zugang zur Hölle betrachtet wurde. Hatte Hugo 1000 Jahre gebraucht, um von dort unten, der Hölle, in der er schmoren musste, wieder ins Licht zu kommen?

Musste er dort schmoren, weil er als Berserker so viel Leid in die Welt gebracht hatte?

Frieda hielt an der ersten von vielen Ampeln, die die Zufahrt nach Flensburg erschwerten. Weit und breit war kein anderes Auto zu sehen, während sie mit laufendem Motor wartete. Endlich ging es weiter. Der Weg zur Diako war nicht schwierig zu finden und Parkplätze gab es zu dieser Zeit ebenfalls genug.

Sie fragte an der Rezeption nach ihrem Mann und erfuhr zu ihrer Erleichterung, dass Hugo nicht mehr behandelt werde, sondern bereits auf der Station lag. Auf der normalen Station.

Der Aufzug fuhr sie leise schnurrend in den dritten Stock. Oben angekommen, trat sie hinaus und hastete über die verlassenen Gänge, bis sie vor der richtigen Zimmertür stand. Sie klopfte zaghaft. Vielleicht schlief ein anderer Patient bei Hugo im Zimmer. Erleichtert hörte sie ein kräftiges „Ja". Trotzdem öffnete sie die Tür nur vorsichtig und linste durch den schmalen Spalt. Sie sah Hugo auf einem Bett liegend, aber eigentlich sah sie nur sehr wenig von ihm, da das Meiste in hellen Verbandsmull gewickelt war. Das Nachbarbett war leer und er war alleine in dem Zimmer. Seine Augen sahen ihr unversehrt entgegen. Er lächelte. „Frieda!" Eilig lief sie zu seinem Bett und beugte sich über ihn, um ihn vorsichtig zu umarmen. „Du hast geraucht!" Sie schmiegte sich an ihn, während ihr Tränen aus den Augen liefen und sie lachte schniefend. „Wie schlimm ist es denn?" Sie lehnte sich ein wenig zurück und betrachtete ihn forschend.

Hugo seufzte: „Das Schlimmste ist, dass die Ärzte wissen wollten, woher ich all meine anderen Narben habe." „Oh je, was hast du ihnen gesagt?" „Die Wahrheit", antwortete Hugo. Frieda starrte ihn an. „Die Wahrheit?", wiederholte sie. Er hatte den Ärzten doch nicht etwa erzählt, dass er….., von woher er…….Sie starrte ihn an. Vor ihrem geistigen Auge entstand ein Bild, in dem Hugo in einem Labor lag, an tausend Apparaturen angeschlossen, sich Ärzte über ihn beugten und Journalisten sich vor der Tür drängelten, um diese Sensation zu vermarkten. „Ja, die Wahrheit", bestätigte er. „Ich habe ihnen gesagt, dass ich da, wo ich herkomme, in ein paar üble Raufereien verwickelt war. Dass ich dort um mein Leben gekämpft habe. Dass so etwas in den Favelas von Rio schon mal passieren könne."

Frieda, die nicht bemerkt hatte, dass sie die Luft angehalten hatte, atmete aus und schnell wieder ein. „Puh", stöhnte sie erleichtert auf. „Und das haben sie dir auch geglaubt?", vergewisserte sie sich noch.

Hugos Augen blickten sie müde an. Vermutlich hatte er Schmerzmittel bekommen, die ihn schläfrig machten. „Wie wahrscheinlich ist es denn, dass sie das vermuten, woher es wirklich kommt?"

Frieda atmete tief ein. Sie nahm ihren Mut zusammen. Dann stieß sie die Frage aus, die sie beschäftigte: „Bist du ein Berserker?" Augenblicklich wurden seine Augen wacher, größer, heller. War es ein Schreck, der ihr aus seinen Augen entgegen blitzte, während seine bandagierten Hände, die ihre hielten, gleichzeitig fester zupackten? Er sah sie schweigend an. „Und wenn?", fragte er schließlich. Wieder spürte sie das, was sie gespürt hatte, als sie seine Hände zum ersten Mal in ihre nahm. Sie waren miteinander verbunden. Frieda schluckte. „Und wenn du das von mir glaubst, hätte ich erwartet, dass du mir eine andere Frage stellst", sagte Hugo. „Welche?" Frieda zitterte. „Komm näher", raunte er. Sie beugte sich über ihn. Mit einem kräftigen Ruck zog er sie an sich und umklammerte sie fest. Sie japste nach Luft.

„Wie man es lernt, einer zu sein", prustete er in ihr Ohr.

Frieda hat mir im Übrigen nicht verraten, ob es eine Anleitung für den Berserkergang gibt und ob Hugo ihre diese, wenn ja, verraten hat.

12.

Hölle – Ort ewiger Verdammnis.

Unser emeritierter Papst Benedikt XVI. schrieb in seinem Jesusbuch, dass: „die Hölle, von der man in unserer Zeit so wenig spräche, existiere und (...) ewig (sei) für jene, die ihre Augen vor Jesu Liebe verschlössen."

Nach Hugos Auftauchen aus der „Unterwelt" ist es gar nicht verwunderlich, Frieda Vergils Zeilen zitieren zu hören.

Wir Protestanten sind da zwiespältig: Die einen glauben, dass es die Hölle ist, ohne Reue gestorben und daher von Gott für immer getrennt zu sein. Das ist die offizielle Version. Die anderen glauben an die Allversöhnung, die auf Gottes unendlicher Güte und Barmherzigkeit beruht. Dagegen spricht die mangelnde Verantwortung, die den Menschen bleibt, wenn zuletzt doch alle mit Gott versöhnt werden.

Und ich? Ich weiß es nicht! Auf der einen Seite scheint mir das Drohen mit der Hölle und Belohnen mit dem Himmel eine einfache menschliche Gedankenstruktur zu sein. Auf der anderen Seite weiß ich, wie die Menschen so sind oder vielleicht wären, wenn es diese Gedanken nicht gäbe.

Goethe lässt Mephistopheles, den Teufel, über die Menschen sagen: Er nennt's Vernunft und braucht's allein, Nur tierischer als jedes Tier zu sein. Das sagt doch alles – oder?

Das Telefon klingelte. Frieda durchsuchte gerade ihren Gefrierschrank nach Grillbarem und Hugo lag, im Schatten des alten Apfelbaumes, auf einem Liegestuhl im Garten und unterhielt sich, wie Frieda mit einem Blick aus dem Fenster feststellen konnte, sehr angeregt mit Hannes. Der war gerade gekommen, mit Blumen im Arm und einer Flasche. Die Blumen, einen gewaltigen und leuchtenden Frühlingsstrauß, hatte ihm Frieda schnell abgenommen. Die Flasche hatte er festgehalten und Frieda schien es, als hätte er die Absicht, sie mit Hugo zu leeren.

Sie trocknete sich die Hände ab und griff zum Festnetztelefon. „Frieda Hammer", stellte sie sich vor und lauschte neugierig, wer sie per Festnetz anrief – etwas, was nur noch selten geschah. „Moin, Frau Hammer", hörte sie eine unbekannte weibliche Stimme. „Hier spricht Helga Jacobsen vom Flensburger Tageblatt. Ich weiß nicht, wie es Ihrem Mann geht. Ich weiß nur, dass er nicht mehr in der Diako ist. Wäre es denn möglich, ihn zu sprechen?" „Worum geht es denn, Frau Jacobsen? Ich kann gleich mal nachschauen, ob er wach ist, er hatte sich hingelegt." „Ich möchte einen Bericht über ihn bzw. über seinen Feuerwehreinsatz und die Rettung der zwei Kinder schreiben und deswegen gerne mit ihm reden", antwortete die nette Frauenstimme. „Ich schaue mal, einen Moment, bitte", antwortete sie. Schnell lief sie in den Garten. „Habt ihr schon getrunken?", fragte sie mit strenger Stimme. Hannes schaute verlegen drein und Hugo irgendwie sauer. Fast schien es so, als sei etwas Unangenehmes geschehen. „Da ist eine Dame vom Flensburger Tageblatt, die gerne mit dir sprechen will, weil sie einen Bericht über die Rettung schreiben will." „Ohauaha", stöhnte Hannes, „war ja klar!" „Bringst du mir das Telefon, bitte?", fragte Hugo und Frieda rätselte über das Grollen in seiner Stimme. „Sofort", sagte sie und eilte zurück, um ihm den Hörer zu bringen.

Sie hörte gerade noch, wie er sich vorstellte, als sie erneut zurück ins Haus ging. Sie öffnete den Gefrierschrank noch einmal und zog Nackensteaks und Grillwürste heraus. Weißbrot hatte sie auch noch und für einen Salat, den die meisten Männer sowieso nur aus Höflichkeit dazu aßen, hatte sie noch Tomaten und Feldsalat. Sie schlenderte in die Garage, um nach dem Grill und der Kohle zu suchen, dabei warf sie einen neugierigen Blick zu den beiden Männern, die jetzt schweigend mit ihren Gläsern in der Hand dasaßen. Hugos Alleingang hatte zwar Menschenleben gerettet, aber offensichtlich dennoch nicht nur Anlass zur Freude gegeben. Den Grill entdeckte sie sofort. Erfreut stellte sie fest, ihn im letzten Herbst ordentlich geputzt, beiseitegestellt und die Kohle neben ihn gelegt zu haben. Sie ergriff den Grill und schleppte ihn zu dem Apfelbaum, unter dem die zwei Schweigsamen saßen. „Kann ich dir helfen, Frieda?", fragte Hannes. Seine Stimme klang sehr, sehr friedlich. „Alles gut", antwortete sie und sah Hugo an. „Frau Jacobsen kommt Samstagnachmittag, ich habe sie zu Kaffee und Kuchen eingeladen, okay?", beantwortete er ihre stumme Frage. Sie nickte das ab. „Ach Hannes, doch, du kannst etwas tun. Magst du noch die Kohle holen und anzünden, während ich in der Küche alles vorbereite?" Hannes sprang eilfertig auf. „Natürlich!" Schnell machte er sich auf den Weg. Hugo sah ihm stumm hinterher. Frieda ging zurück ins Haus. Das sollten die beiden alleine klären. Sie wuselte durch ihre Küche und bereitete ein Tablett vor, auf das sie alles stellte, was sie brauchen würden. Und sie stellte ein

weiteres Glas dazu. Egal, was es war, was Hannes mitgebracht hatte. Sie wollte auch etwas davon trinken. Schließlich nahm sie das gefüllte Tablett und ging zu den Männern, zu denen sich auch Jamie gesellt hatte, raus.
Inzwischen redeten sie wieder. Hugo, so schien es ihr, war aber nicht recht bei der Sache. Vielleicht überanstrengte ihn das auch einfach noch. Sie stellte das Tablett auf den Tisch und ließ sich auf ihrem Lieblingsstuhl neben Hugo nieder.
„Chevas Regal?", fragte Hannes und nickte bedeutsam zu Friedas leerem Glas. „Au ja, gerne!" Hannes nahm die Flasche und sie sahen zu dritt zu, wie die goldene Flüssigkeit in Friedas Wasserglas gluckerte. Gleich darauf roch Frieda den Whisky und griff erfreut nach ihrem Glas. „Es gibt nichts Gutes!", sagte sie und lächelte Hugo an. „Außer: man tut es!", antwortete der und lächelte zurück und dann stießen sie mit dem verwundert dreinschauenden Hannes an.

Ach ja! Whisky! Meine rechte Hand schmerzt wieder. Gibt es irgendetwas, was im Alter noch funktioniert? Ohne Schmerzen und ohne das entsetzliche Gefühl des Verlusts? Aber Erich Kästner hat recht: Und deshalb stehe ich auf und gehe in die Küche und von dort in die Speisekammer. Der Whisky steht ganz oben hinter den Einmachgläsern, die ich von meinen Pfarrkindern immer wieder im Herbst geschenkt bekomme. Auch bei mir gluckert und duftet die goldene Flüssigkeit. Leider stößt niemand mit mir an. Egal, Hauptsache, ich tue etwas!

Es zischte, als die drei das Fleisch auf den Grillrost legen. Fett tropfte in die Glut.

Zwei Tage später gurgelte die Kaffeemaschine. Der Duft des Kaffees vermengte sich mit dem des frisch gebackenen Tortenbodens, der auf dem Fensterbrett abkühlte und dem der frisch geschnittenen Erdbeeren, die Frieda darauf geben wollte.
Hugo ruhte wieder unter dem Apfelbaum, wo Frieda bereits den Tisch für ihren Besuch gedeckt hatte. Nachdem Hannes vor zwei Tagen gegangen war – als das Fleisch verzehrt und die Whiskyflasche geleert war, hatte er ihr erzählt, dass Hannes ihn gebeten hatte, bei der Freiwilligen Feuerwehr aufzuhören. Sein krasses Fehlverhalten hatte zu Schwierigkeiten geführt, obwohl er zwei Kindern damit das Leben gerettet hatte. Hugo tat sich sehr schwer mit der Erkenntnis, dass im 21. Jahrhundert der Zweck nicht alle Mittel heiligte. Nun, dachte Frieda, sich schwertun, war untertrieben. Er sah es schlicht und ergreifend nicht ein, zumal er durch sein Verhalten ja nur sein eigenes Leben riskiert hatte. Sie hoffte, dass der Besuch der Journalistin diese Wunde in seinem Ego ein wenig heilen würde und gleichzeitig hoffte sie, dass Hugo seinen Unmut und sein Unverständnis über das „idiotische" Verhalten, wie er es nannte, nicht gar zu deutlich zum Ausdruck bringen würde. Dass er gewissermaßen suspendiert war, war kaum zu verheimlichen und die Presse würde dieses Thema sicherlich ansprechen und drucken wollen. Inoffiziell war noch die Bitte der Gemeinde an Hugo, für das freiwerdende Bürgermeisteramt zu kandidieren.

Ich tue schon wieder etwas. Ich fühle mein Glas auf, schnuppere, lass die Flüssigkeit kreisen, schnuppere erneut

und denke mit Mitgefühl an den enttäuschten und verletzten Hugo. Machiavellismus nennt man dieses Handeln, nach dem Philosophen Machiavelli, der genau wie Hugo die Ansicht vertrat, dass manchmal alle Mittel recht seien, er vertrat diese Ansicht hinsichtlich politischer Interessen und stellte somit die Macht über die Moral. Das tat er ca. 1513! In einer Zeit, in der „Hexen" verfolgt und politische Gegner gefoltert und umgebracht wurden. In einer Zeit, in der der Handel über Grenzen hinweg allmählich Fahrt aufnahm. Zum Beispiel durch das Unternehmen Fugger.
Auch heutige Politiker oder deren Berater scheinen „Der Fürst" gelesen zu haben. Vielleicht ja auch Amerikas Fürst? Heute ist der Machiavellismus in der sogenannten dunklen Triade beinhaltet. Ich habe das gerade erst neulich gelesen und schnell wühle ich, mit zitternden Fingern – alt werden ist wirklich nicht schön, aber ein Schluck aus dem Glas mit dem duftenden Inhalt, beruhigt nicht nur das Zittern, sondern brennt auch eine angenehme Spur in meinen Magen – in den Büchern, die sich auf meinem Schreibtisch häufen, nach dem richtigen. „Böse" heiß es. Also: Das ist eine Kombination aus den Merkmalen Psychopathie, Narzissmus und eben Machiavellismus. So steht es da. Da steht auch, dass Machiavellismus auf Eigennutz und persönlichen Vorteil abzielt. Nein, ich glaube, für Hugo lässt sich das ausschließen. Er lebt nach einer sozialen Strategie, die zur Wikingerzeit funktional war. Er muss es noch lernen. Ganz kurz überlege ich noch, ob es machiavellistisch ist, bei Rot über eine Ampel zu gehen – z. B. weil ich es eilig habe, um meinen Zug noch zu erreichen. Eigennützig ist das und auch zu meinem Vorteil, aber nein, das geht doch zu weit.

Ein dunkler Kleinwagen kam vorsichtig um die Hecke gerollt. Während sie den Tortenguss langsam über die Früchte goss, beobachtete Frieda eine Frau darin, die die Umgebung aufmerksam musterte. Jamie kam bellend herbei und umkreiste das Auto, in dem die Frau sitzen blieb. Frieda eilte hinaus. Sie griff in Jamies Halsband, die Autotür öffnete sich etwas. „Ich weiß", sagte die Frau, Frau Jacobsen, nahm Frieda an, „der ist bestimmt harmlos und will nur spielen." Sie lachte verlegen. „Nein", erwiderte Frieda, „der ist nur harmlos, wenn wir es wollen und spielen will er auch nicht. Er will sie beschnüffeln." Dann merkte sie, dass ihre Worte harsch geklungen hatten und sie lächelte Frau Jacobsen freundlich an. „Sie haben schon recht, Hunde nicht zu unterschätzen! Aber kommen Sie doch, er tut nichts, nicht, wenn wir da sind."

Frau Jacobsen stieg aus dem Auto. Sie streckte Frieda die Hand hin und stellte sich vor: „Helga Jacobsen vom Flensburger Tageblatt – ich glaube, wir haben miteinander telefoniert?" „Ja, so ist es, ich bin Frieda Hammer, Hugos Frau!" Sie ergriff die Hand und schüttelte sie.

Frau Jacobsen schaute etwas unbehaglich auf Jamie, der sie beschnüffelte. Frieda deutete mit der Hand in Richtung Apfelbaum, unter dem Hugo lag und las. „Kommen Sie doch bitte mit", lud sie sie ein und schritt voran über das kurz gemähte Gras.

Hugo bemerkte die Ankunft der Journalistin und sah ihr neugierig entgegen. Auch Frau Jacobsen musterte ihn interessiert, während sie auf ihn zu ging.

„Hugo, das ist Frau Jacobsen vom Flensburger Tageblatt, Frau Jacobsen, das ist Hugo Hammer, mein Mann", stellte

Frieda die beiden einander vor. Nachdem die beiden sich die Hände geschüttelt hatten, ging Frieda in die Küche, um das vorbereitete Tablett zu holen. Im Weggehen hörte sie, dass Frau Jacobsen Hugo nach seinem Befinden fragte.

Als Frieda vollbeladen zurückkam, lagen Papiere auf dem Gartentisch. Frau Jacobsen schob sie zusammen und steckte dann einige davon in ihre große Umhängetasche. Frieda blickte Hugo an. „Wir haben eine schriftliche Vereinbarung getroffen, dass das Interview in genauem Wortlaut innerhalb der nächsten 10 Tage veröffentlicht wird", beantwortete Hugo ihre unausgesprochene Frage.

„Ich lasse mein Aufnahmegerät, also mein Handy laufen, wenn es Ihnen recht ist", fragte sie, während Frieda mit dem Geschirr klapperte und dann Kaffee in die Tassen goss. „Klar", nickte Hugo und griff nach der Kuchengabel. „Bedienen Sie sich doch bitte!"

Nach einiger Zeit des gemütlichen Kaffeetrinkens und belanglosen Plauderns sah Frau Jacobsen die beiden fragend an. „Können wir beginnen?", fragte sie, die Hände an ihrem Handy, um die Aufnahme zu starten. Vor ihr lag ein Blatt, auf dem sie offensichtlich die Fragen notiert hatte, die sie Hugo stellen wollte.

Hugo nickte und sie schaltete das Gerät an.

„Herr Hammer, Sie sind erst vor gar nicht so langer Zeit aus Brasilien nach Deutschland gekommen. Was war der Anlass dafür?"

„Stimmt. Frieda!" Frau Jacobsen schaute ihn an.

„Was hat Sie dazu veranlasst, zur Freiwilligen Feuerwehr zu gehen?"

„Frieda!" Frau Jacobsen rutschte auf ihrem Stuhl herum.

„Herr Hammer, Sie haben zwei Kindern das Leben gerettet, sich dabei aber nicht an die Regeln gehalten, die Feuerwehrleute einhalten müssen. Was können Sie uns dazu sagen?"
„Dass das stimmt!"
„Können Sie uns erklären, wie es dazu gekommen ist bzw., was Sie dazu veranlasst hat, sich Ihrer Feuerwehrkleidung zu entledigen?" Frau Jacobsens Stimme klang etwas höher.
„Die Notwendigkeit, schnell zu sein!"
„Herr Hammer, wie haben Sie die gesamte Situation erlebt?"
„Heiß!"
Sie blickte auf und starrte ihn an.
„Haben Sie Kontakt zu den Kindern und ihren Eltern?"
„Ja!"
Frau Jacobsen schluckte. Obwohl er nicht besonders ausgeprägt war, sah Frieda ihren Adamsapfel auf und nieder hüpfen. Die Journalistin legte das Blatt mit den Fragen beiseite und faltete ihre Hände ineinander. Sie bewegten sich und die beiden Daumen rieben sich gegenseitig. Sie sah auf das Blatt und dann sah sie auf. Frieda bemerkte ein Blitzen in ihren Augen.
„Herr Hammer, möchten Sie uns einfach so erzählen, was Sie momentan bewegt?", fragte sie schließlich. Ihre Stimme klang dünn. Frieda hatte Mitleid mit ihr. Die Frau hatte unterschrieben, das Interview genau so zu veröffentlichen, wie es stattgefunden hatte. Bis jetzt keine erhebenden Aussichten.
Hugo lächelte Frau Jacobsen an.

„Das möchte ich wirklich gerne, Frau Jacobsen", erwiderte er sichtlich zufrieden. Er nahm einen Schluck aus seiner Kaffeetasse und blickte kurz zu Frieda.

„Außer der Liebe zu meiner Frau gibt es drei Dinge, die mich bewegen und zu denen ich mich äußern möchte", setzte er danach an.

„Das erste ist meine Forderung nach einer Bildungswende in Deutschland", sagte er dann. „Das zweite ist die Forderung nach einer Kapitalismuswende und das dritte ist – sehr eng mit dem zweiten verbunden – die Forderung nach einer Glaubenswende!"

Frieda starrte ihn an. Frau Jacobsen auch. Hugo gab vor, dass Erstaunen der beiden nicht zu bemerken.

„Möchten Sie gerne, dass ich die drei Punkte, dass ich diese drei Forderungen erläutere?", fragte er.

Stumm nickte Frau Jacobsen. Hugo nahm einen weiteren Schluck Kaffee und fuhr dann fort:

„Nun, Punkt eins ist leicht erklärt: Der heutige Bildungsstand in Deutschland entspricht nicht den Anforderungen einer modernen, aber auch historischen Welt. Was morgen passiert, lässt sich aus dem Gestern und Heute erklären. Wer nichts oder wenig über Geschichte, über Philosophie, über Literatur und sogar Kunst weiß, wird nie verstehen, was auf dieser Welt geschieht. Wer nichts über Geografie weiß, ebenso wenig. Und wer noch nicht einmal seine eigene Muttersprache beherrscht, kann sowieso gar nichts. Kann man denn damit eine Demokratie gestalten? Nein! Kann man nicht! Um eine Demokratie zu gestalten, braucht man gebildete Menschen, die nicht nur schnell das wählen,

was ihnen ein paar Euro mehr in der nächsten Legislaturperiode verspricht.
Und ja, Digitalisierung ist wichtig – ohne sie geht es nicht, aber sie ist kein Allheilmittel, sondern stellt auch eine große Gefahr dar! Denken Sie bloß an die damit verbundene Dehumanisierung: So, wie es leichter ist, mit einem Gewehr zu töten, als mit einem Messer, ist es leichter Menschen digital zu beklauen, zu mobben, zu vernichten – eins, zwei, drei – ganz viele! Am PC sitzend, brauchen Sie keine Empathie zu entwickeln. Analog sollte nicht einfach vergessen werden. Das ist nur ein winziger Ausschnitt dessen, was zu dem Thema Bildung in Deutschland zu sagen ist!"
Erneut griff Hugo nach seiner Tasse, die Frieda inzwischen wieder gefüllt hatte. Seine Augen leuchteten blau, als er sie mit einem kurzen Blick streifte. Frau Jacobsen saß still und stumm am Tisch.

Mir fällt etwas ein, ein Text, den ich neulich gelesen habe, den muss ich schnell holen und noch einmal lesen, während ich gleichzeitig auch trinken und rauchen und weiterschreiben will. Meine Hände zittern. Beide! Das kommt nicht vom Schreiben.
Ich wühle den Ordner hervor, in dem ich interessante Texte sammele. Dabei fällt ein ganzer Stapel Papiere von meinem Schreibtisch. Egal! Ich will jetzt diesen Text lesen.
Hastig blättere ich durch die Kopien. Herr je, ich werde ihn doch wohl wiederfinden? Als ich die Überschrift „Leselust" sehe, weiß ich, dass ich ihn gefunden habe. Ich verschlinge die Zeilen. „Keinen anderen Satz bekam der Leser jener Zeit

(Ende des 18. Jahrhunderts) so oft zu lesen wie die Warnung, nicht zu viel zu lesen. Denn wer las, war mit dem Buch, seinem Urteil, seiner Fantasie allein, entzog sich der Rede des Vaters, des Lehrers, des Pfarrers, des Meisters, des Prinzipals."

Meine Augen rasen weiter über den Text, während ich meinen Puls schlagen höre. „Solange Texte nur in wenigen teuren Manuskripten vorhanden sind, ist deren Lektüre an Institutionen gebunden, welche die Manuskripte besitzen und zugleich deren Interpretation und Anwendung kontrollieren: Kirche, Universität, Staat, Rechtsprechung. Die Institutionen legen die Wahrheit fest, auf die hin die Texte auszulegen sind, und legitimieren sich wiederum durch die kanonischen Texte."

Ohne hinzuschauen, greife ich nach meinem Glas, das ich mit den Fingerkuppen streife und ebenso wie die Papiere vom Tisch stoße. Es fällt nicht nur herab, sondern zerspringt auf den alten Eichendielen meines Arbeitszimmers. Intensiver Whiskyduft dringt an meine Nase, während meine Füßen auf den Scherben knirschen. Jetzt schaue ich hin und nehme meine Pfeife. Bevor ich mich dieser Sauerei widme, muss ich mich ein wenig beruhigen. Tief inhaliere ich den Pfeifenrauch. Ich nehme noch einen Zug und noch einen. Hugo hat recht. Demokratie ergibt sich nicht aus den Ergebnissen der Champions League.

Meine Augen verweilen auf den „kanonischen Texte(n)", also dem katholischen Kirchenrecht entsprechenden Texten, während meine Gedanken zu Hugo wandern und seiner zweiten und dritten Forderung.

„Forderung zwei und drei nehme ich zusammen, weil ich finde, dass sie miteinander verwoben sind", fuhr Hugo fort. „Kapitalismus und Kirche gehören zusammen. Die Kirche selbst, insbesondere die katholische, lebt den ärgsten Kapitalismus vor. Tja, vielleicht hat sie ihn ja auch erfunden. Zumindest lebt und legitimiert sie ihn. UND", seine Stimme wurde dringender „sie verhinderte alle Bestrebungen, dass sie so ist, wie Jesus sie wollte. Sagte er nicht: „Sammelt euch nicht Schätze hier auf der Erde, wo Motte und Wurm sie zerstören und wo Diebe einbrechen und sie stehlen, sondern sammelt euch Schätze im Himmel, wo weder Motte noch Wurm sie zerstören und keine Diebe einbrechen und sie stehlen. Denn wo dein Schatz ist, da ist auch dein Herz."" Hugo räusperte sich und fuhr mit klarer Stimme fort: „Niemand kann zwei Herren dienen; er wird entweder den einen hassen und den anderen lieben oder er wird zu dem einen halten und den anderen verachten."
Und nun wurde seine Stimme laut: „Ihr könnt nicht beiden dienen, Gott und dem Mammon." Er schwieg. „Evangelium nach Matthäus", ergänzte er dann.
Frieda starrte ihn an. Sie hatte reglos gelauscht. Gänsehaut überzog ihren Körper. Stieß Hugo seinen Blutaar ins christianisierte Schwabbelfleisch? War es der Rachefeldzug eines Wikingers, der – er hatte gesagt, er wüsste nicht, wer ihn getötet hatte – von einem frühen Christen erschlagen wurde?
Frieda fror.
„Was die katholische Kirche vorlebt, ist nicht göttlich, es ist bigott. Daher kann es nicht von Gott stammen, sondern nur von Menschen erdacht sein, die an ihren eigenen Nutzen –

den Mammon – denken. Ausschließlich!" Erneut verstummte Hugo.

Frieda streckte ihre Hand nach ihm aus. Sie musste ihn jetzt spüren, musste spüren, ob der gemeinsame Kreislauf noch da war, ob seine Hand warm oder kalt war. Aus den Augenwinkeln hatte Hugo ihre Bewegung bemerkt und kam ihr mit seiner Hand entgegen. Es war pulsierende Wärme, die durch ihre Hand in ihren Körper floss. Und Energie. Und Zuversicht.

Inzwischen sah Frau Jacobsen aus, als ob sie fröre. Sie hatte die Schultern hochgezogen und saß gleichzeitig zusammengesunken auf ihrem Stuhl. Vielleicht dachte sie an das Ende ihrer Karriere.

„Die Kirche MUSS endlich ihre wahre Pflicht gegenüber den Menschen wahrnehmen", erläuterte Hugo schließlich leiser weiter. „Nachdem sie nun fast zwei Jahrtausende Reichtümer geklaut und gehortet hat, bedenken Sie den Ablasshandel, durch den sich Menschen angeblich von ihrer Schuld reinwaschen konnten, indem sie finanzielle Opfer – an die Kirche – brachten. Und mittellose Frauen sich ihrer Sünden durch sexuelle Dienste an den Stellvertretern Gottes auf Erden entledigen konnten – oder soll ich sagen: mussten? Das nenne ich übelsten Kapitalismus, der vorgelebt und durch die Kirche salonfähig gemacht wurde."

Während Hugo über das Rauben und Horten von Reichtümern spricht, sitze ich in die duftenden Wolken meines Auenlandtabaks gehüllt, die Füße in einem Scherbenhaufen und in meinem Kopf entsteht das Bild eines Drachen, Smaug, der auf seinen geraubten, unermesslichen Schätzen schläft, und hin und wieder Rauchwolken aus seinem Schornstein, äh, nein, seinen Nüstern stößt. Und plötzlich dampft Smaug vor dem Jüngsten Gericht und seine Rauchwolken wabern durch den Schornstein der Sixtinischen Kapelle.

„Die Kirche MUSS ihre finanziellen und infrastrukturellen Schätze benutzen, um all den Schaden, den sie angerichtet hat, wieder gut zu machen. Eine kirchliche Katharsis! Endlich ein moralisches Vorbild sein. Endlich das werden, was sie schon immer sein müsste: Ein moralischer und spiritueller Wegbegleiter der Menschen – gänzlich ohne eigene Vorteilsnahme und endlich GLAUBWÜRDIG – glaubwürdig in der allerwahrsten und ureigensten Bedeutung des Wortes!"

„Mein Schatz!" Woher stammt dieser Begriff in meinem Kopf? „Denn wo dein Schatz ist, da ist auch dein Herz." Aus dem Matthäus Evangelium? Nein! Eine kleine, elendige Gestalt kriecht durch meine Gehirnwindungen und zischelt durch ihre verrotteten Zähne: „Mein Schatz!" Und meine tränenden Augen wandern durch die Rauchringgeister in meinem Arbeitszimmer und entdecken schließlich die drei grasgrünen Bände von „Herr der Ringe" im Bücherregal ganz oben.
Was J.R.R. Tolkien wohl darüber denken mag, dass sein so herrliches Werk über die Gier und deren fatalen Auswirkungen – ich sehe Sarumans Turm und die verwüstete, kahle Landschaft vor mir – zu einem einseitigen schwarz-

weiß gestrickten Schlachtengetümmel und Kassenschlager verhunzt oder versilbert wurde?

13.

Frau Jacobsen war blass und schwieg und Hugo lächelte so zufrieden, wie die sprichwörtliche Katze vor dem Sahnetopf.
„Und nun werde ich Ihnen Ihre Fragen beantworten", erklärte er vergnügt. „Ich bin der Sohn deutscher Auswanderer, die in die Fänge der Sekte……..gerieten…….. Ach, nein!" Er unterbrach sich.
„Eine kleine Ergänzung: Für uns Normalsterbliche", bei diesen Worten wendete er seinen Blick von Frau Jacobsen und lächelte Frieda an, „stellt sich die Frage, warum die Kirche, insbesondere die katholische, „cum glossa" lebt, während Jesus Christus sine glossa, also ohne Vermögen lebte und er sollte doch das Vorbild der Christen sein und warum Papst Franziskus, der seinen Namen doch nicht ohne Grund vom Heiligen Franz von Assisi übernahm, in seinen Reden zwar heftig und zu Recht gegen die Gier der Menschen wettert, aber es nicht schafft, sein eigenes Haus – die Institution Kirche – aufzuräumen, leerzuräumen, damit ihr Herz wieder Platz für den ehrlichen Glauben hat." Er schwieg einen Moment.
„Die Veröffentlichung der kirchlichen Bilanzen – so, wie es alle anderen Unternehmen auch tun müssen – wäre ein toller Anfang!" Er schwieg erneut. „Welchen Betrag bekämen wir dort auf der Haben-Seite zu sehen? Millionen? Milliarden? Billionen?

Cum glossa für die Kirche und sine glossa für die Gläubigen? Sekt für die einen und Selter für die anderen? Vor Weihnachten zum Spenden aufrufen – woran erinnert das nur? – Das Gewissen der Gläubigen erleichtern, indem sie Geld spenden? Und selbst auf einem riesigen Berg Reichtümer brüten. Einem Schatz." Er seufzte.

„Aber auch, wenn nun ein Verantwortlicher genannt ist, darf jeder einzelne seine eigene Verantwortung nicht vergessen. Denn wir alle haben ja einen eigenen Verstand und sollten ihn benutzen – womit ich wieder zu Punkt eins gelange: Der Bildung! Denn wenn es mehr Bildung gäbe, gäbe es mehr Verantwortung und dann könnten die Fluglinien ruhig Flüge für 1,99 Euro nach Mallorca anbieten – würden sie aber nicht – weil sie niemand buchen würde! Sapere aude! Habe Mut, dich deines eigenen Verstandes zu bedienen – aber dafür muss er erst einmal geschult werden! Diese Erkenntnis ist ungefähr 300 Jahre alt……"

Die Menschen saßen schweigend am Tisch, während die Vögel den sonnigen Tag zwitschernd genossen.

„Ich war 12 Jahre alt, als ich ausgebüchst bin," Hugos Augen weilten gedankenverloren auf dem Gartentisch, während er sich zur Konzentration in seine erfundene Geschichte zwang. Dann lenkte ihn etwas ab. Er griff nach dem Papierstapel auf dem Gartentisch und zog ein Blatt hervor. „Entschuldigung, aber hier ist etwas, das ich Ihnen noch zeigen wollte." Er reichte das Blatt zu Frau Jacobsen herüber und Frieda beugte sich neugierig zu ihr, um mitzulesen, was dort stand.

Berichten zu folgen gab es in China ein Doktor, der sich um ein Ehepaar gekümmert hat, da die es nach mehreren Jahren an Geschlechtsverkehr immer noch kein Kind bekamen.

Die beiden Patienten wurden gefragt wie sie ihr Geschlechtsverkehr vollzogen haben. Es kam raus das dieses Ehepaar es Jahre lange mit Anal Sex versucht habe.

Gleichzeitig hoben sie ihre Köpfe und sahen Hugo an. In Frieda keimte eine Idee auf, um was es sich dabei handelte.

„Das ist ein Ausschnitt aus einer Hausarbeit, einer Klausur, für die Schüler mehrere Wochen Zeit haben, sie zu Hause zu schreiben, in Ruhe zu recherchieren und zu korrigieren – fern des Zeitdruckes, der in einer Präsenzklausur in der Schule entsteht. Und es bedeutet, dass irgendjemand diesem Schüler, der einen elften Jahrgang in Flensburg besucht, durch die Vergabe entsprechender Noten beim zweiten Allgemeinen Schulabschluss bescheinigt hat, für die gymnasiale Oberstufe geeignet zu sein.

Hier haben Sie also schwarz auf weiß, dass etwas falsch läuft – ganz falsch!"

Frau Jacobsen räusperte sich. „Damit wir uns verstehen, Herr Hammer: Sie vertreten u.a. die Ansicht, dass die Kirchen, insbesondere die katholische Kirche mitverantwortlich ist für solche Entwicklungen?"

„So ist es, Frau Jacobsen, und es wird allerhöchste Zeit, dass die Politik sich ein Herz nimmt, dringende Reformen engagiert anzugehen. Und vielleicht – sogar sehr wahrscheinlich würde sie sich wundern, wie viele Menschen dankbar, erleichtert und froh mitgingen. Und es wird Zeit, dass die Institution Kirche diese Reformen begleitet und moralisch unterstützt!

Die Menschheit hat sich festgefahren, in dem, was sie glaubt, was Gottes Botschaft ist und noch nicht einmal dabei, ist sie konsequent. Jeder weiß, dass es nicht Gottes Botschaft ist, sich die Taschen vollzusäckeln oder kleine Kinder zu vergewaltigen. Und TROTZDEM glauben wir bequemerweise diesen Menschen und glauben, dass sie Gottes Botschaft verkünden. WARUM?

Und da kommen wir wieder zur Aufklärung, die uns aufforderte, den Mut zu haben, selbst zu denken – was uns offensichtlich zu anstrengend ist und zu viel Verantwortung mit sich bringt. Vielleicht auch, weil viele von uns nach einem langen Arbeitstag zu müde sind. Nach einem langen Arbeitstag, an dem sie kämpfen mussten, das Geld zusammen zu tragen, was wir in unserer teuren und verwöhnten Gesellschaft brauchen um mitzuhalten?

Ihr, äh, wir sind zu klein in unserem Mut. Angst beherrscht die Menschen und deshalb sammeln, klauben und horten sie. Sie glauben oder hoffen Besitz beschützt sie. Der ängstlich klaubende und maßlose Kapitalismus bestünde nicht ohne die Angst der Menschen etwas zu verlieren.

Geben ist seliger denn nehmen?

Warum schaffen wir es nicht dieses Wissen, das wir doch haben – das zumindest in uns allen schlummert, zu leben?

Weil da eine mächtige Institution sitzt, die sich Kirche nennt, von sich selbst behauptet, Gottes Willen verstanden zu haben und auslegen zu dürfen und in Wirklichkeit sammelt, klaubt und raubt und hortet.

Sie bitten und betteln uns zu teilen und zu geben, aber sie selbst rafft und giert.

Und noch einmal: Einen (Mit-) Verantwortlichen gefunden zu haben, bedeutet keinesfalls, die Verantwortung abgeben zu können, denn durch die Schöpfung oder die Evolution hat jeder die Möglichkeit bekommen, zu denken – wenn auch nicht jedem die gleiche Möglichkeit gegeben wird, diese Fähigkeit zu trainieren.

Denken Sie an das Märchen vom Fischer und seiner Frau oder denken Sie an Hesses Siddharta. Jetzt wissen Sie, dass wir dies schon alles lange wissen – wir benutzen es nur nicht – aus Furcht!" Hugo, der sich weit nach vorne gelehnt hatte, sank seufzend zurück. Frieda spürte die Wärme seiner Hand.

„Wissenschaftlich gesehen, wird unser Über-Ich oder das, was Freud „Über-Ich" genannt hat, von klein auf zu sehr konditioniert. Konditioniert zu gefallen, zu gehorchen, angenehm zu sein", ergänzte Frieda.

„Sind Sie Wissenschaftlerin?", fragte Frau Jacobsen.

„Nein, ich bin Leseratte", lächelte Frieda „und Gärtnerin!" Dann setzte sie fort: „Das ist eine Überreglementierung, die aus Hilflosigkeit gegenüber einer wachsenden Bevölkerung mit wachsenden Bedürfnissen heraus entsteht und NICHT auf den eigenen Verstand der Bevölkerung setzt, sondern auf immer mehr Gesetze.

Sehen Sie die angestrebten Tempolimits an – ich kann auch ohne Gesetz 130km/h fahren und wenn ich es einmal nicht tue, sondern 160km/h fahre, fährt bestimmt irgendwo ein anderer 90km/h….weil wir es verstanden haben und da sind sie wieder bei der Erziehung und dem Schulunterricht. Ich halte nichts von zu viel Konditionierung, sie nimmt uns den Mut, eigene Entscheidungen zu treffen. Uns auf uns selbst und unseren Verstand zu verlassen. Und ohne Mut sind wir furchtsam. Aber furchtsam sind wir auch dumm – wir klammern uns an Regeln, die uns einengen und verlieren den Überblick."

„Aber Erziehung ist doch jedenfalls Konditionierung", unterbrach Frau Jacobsen.

„Sehen Sie", sagte Frieda. „Für mich bedeutet Erziehung Anleitung zum Verstehen und dann Entscheiden, sicherlich nicht aus Angst vor Konsequenzen wecken. Aber wir befinden uns in einer Abwärtsspirale: Ungebildete Menschen können nicht verantwortungsvoll selbst entscheiden – folglich drängt es sich auf, Gesetze zu erlassen und alles reglementieren und folgend werden wir immer mutloser und unkreativer – überlassen das Denken anderen, die von sich selbst glauben, sie könnten es besser.

Oftmals sind gerade das aber Menschen mit einem übergroßen Ego oder aber einem zu kleinen – das hängt von der Perspektive ab. Außerdem führt es zum Verkümmern unserer Instinkte und Intuitionen und wenn wir auch auf diese nicht mehr hören, werden wir noch mutloser. Und das führt zu immer größeren Problemen auf dieser Erde, denen wir immer ratloser gegenüberstehen und dann versuchen, sie mit Gewalt zu lösen oder einzumauern."

„Gesetze und Gebote sind auch eine Form von Gewalt", setzte Hugo wieder ein und lehnte sich wieder vor. „Interessanterweise glaube ich kaum, dass es nur ein Gebot gibt, was die Kirche selbst noch nicht gebrochen hat und immer wieder bricht. Kommen wir aber zu dem Tempolimit zurück: Können wir wirklich nicht selbst entscheiden, dass ein begrenztes Tempo für weniger Unfälle und steigenden Verkehrsfluss sorgt? Dass die Kosten sinken und der Nutzen steigt? Können wir wirklich nicht selbst entscheiden, wie schnell wir fahren wollen? Können wir entscheiden, welche Partei und welcher Politiker richtig ist? Für die Menschen, das Land, den Kontinent, unseren Planeten?

Sind die eigenen Entscheidungen über die Geschwindigkeiten unzumutbarer, herausfordernder als die über den Werdegang des gesamten menschlichen, nein, des gesamten Lebens?

Immer mehr Gesetze hälfen auch nur, wenn überhaupt, wenn sie auf Dauer überall auf unserer klein gewordenen Erde gälten. Mehr Vernunft, weniger Gesetze – mehr Gesetze, weniger Vernunft!

Ein letztes Mal: Wir brauchen den Mut – resultierend aus der Fähigkeit selbst zu denken – selbst zu denken!"

Ich recke mich auf die Zehenspitzen und taste nach einer Flasche Obstler, die mir eines meiner Pfarrkinder aus einem Urlaub in Österreich mitgebracht hat und die nun im obersten Regal in der Speisekammer Staub ansetzt. Österreich?! Über 60% der Bevölkerung Österreichs ist katholisch. Da können wir ja ganz sorglos sein. Die katholische Kirche wird ihre Schäflein schon auf den rechten Weg führen, nicht wahr? Den Weg der Menschlichkeit, den Weg der unvoreingenommenen Nächstenliebe, den Weg Christus. Oder?

Als endlich meine Pfeife dampft und der Obstler seine brennende Spur, vermutlich die der Verwüstung, in meinem Magen gezogen hat, brennt mir eine Frage unter den Nägeln. Hat Hugo Kenntnisse der Physik?

In diesem speziellen Fall meine ich das Gesetz der Trägheit. Ich versuche mich zu erinnern, während die Scherben, die noch immer unter meinem Stuhl liegen, knirschen wie zerberstendes Eis.

„Trägheit ist eine Eigenschaft der Massen, ihren Bewegungszustand beizubehalten, solange keine äußere Kraft einwirkt, die diesen Zustand ändert." Sind Menschen gleich Masse? Während meine Hand am Glas vorbei nach der Flasche greift, erinnere ich mich an ein Zitat, das ich einmal irgendwo gelesen habe und mir, weil es mich beeindruckt hat, ausgeschnitten und aufgehoben habe. Ich setze die Flasche an den Mund und wühle mit der anderen Hand nach meinem Zitatenordner. Während ich mit schwitzenden Fingern blättere, fliegen meine Augen über die vielen Zitate, die mir bemerkenswert erschienen und so den Weg in meinen Ordner fanden. Noch einmal hebe ich die Flasche an meinen Mund. Alles brennt. Es brennt!

Und dann sehe ich es vor mir, ein Zitat des Mathematikers Gaurav Suri: „Menschen bevorzugen üblicherweise Passivität, deswegen entscheiden sie sich für jene Option, für die sie nichts tun müssen."

Ach Hugo, ach Frieda! Ist es also ein immerwährender Kreislauf des Wohlstandes, der Trägheit, der Verblödung, der Gebote und Gesetze und der Furcht, der wieder zu Krieg und zur Asche führt? Und werden wir dann wieder auferstehen wollen – es noch können – weil jetzt eine äußere Kraft einwirkt, weil jetzt der Wille geweckt und die Passivität überwunden wird? Ist es so? Sind wir verdammt, diese Erfahrung wieder und wieder zu machen?

Oder können wir ausbrechen?

Wie Frieda sagt, auf unsere Intuition, die innere Stimme – ist diese nicht Gottes Stimme – hören und es schaffen, unsere Mutlosigkeit zu überwinden? Können wir die Physik überwinden? Gilt das Gesetz der Trägheit auch für die Masse Mensch?
Ja! Nein! Jain! Nein, nein, nein, nein, nein!
Wir sind mit einem freien Willen geschaffen worden. Wenden wir ihn an!
Mein Magen brennt wie die Hölle, wenn ich mir diese umgangssprachliche Bemerkung über diesen Ort oder Zustand einmal erlauben darf. Schon seit Jahren nehme ich Magensäurehemmer, aber es brennt trotzdem. Deswegen gehe ich schnell in die Küche, dort steht eine Dose mit geschrotetem Leinsamen. Mühsam kaue ich auf den Körnern herum, die in meinem Mund zu einem pappigen Brei anwachsen und hoffe, dass sie das Feuer löschen. Apropos Feuer: Hugo muss Frau Jacobsen noch berichten, wie es ihm in den Flammen erging. Nicht die des Avernus, sondern die eines irdischen brennenden Hauses. Obwohl das auch eine Hölle ist.

„Also irgendwann, viele Jahre später, habe ich Frieda über das Internet kennengelernt. Wir haben beide nach einer ganz besonderen Sorte Äpfel gesucht." Frau Jacobsen richtete sich auf, während Hugo in seinen Liegestuhl zurücksank.
„Was für eine Apfelsorte haben Sie denn gesucht?"
„Die des Baumes der Erkenntnis", – ach Hugo! – grinste Hugo und fuhr fort zu erzählen. „Eines Tages stand dann fest, dass ich nach Deutschland komme und mit Frieda ge-

meinsam vor Ort suche. Und das tun wir heute noch. Unsere gemeinsame Suche wurde vor einigen Tagen von dem Heulen der Feuerwehrsirenen gestört und ich machte mich auf den Weg der Pflicht. Als ich vor dem brennenden Haus stand und hörte, dass sich zwei kleine Kinder darinnen befanden, habe ich intuitiv gehandelt. Ich wollte, ich musste schnell sein und meine schwere Schutzkleidung schien mir offensichtlich hinderlich. Also riss ich sie mir herunter und stürzte mich, den wütenden Anweisungen meines Vorgesetzten zum Trotz, in das brennende Haus.

Es muss heiß und stickig und fürchterlich gewesen sein, aber nichts davon habe ich gespürt. Ich vermutete die Kinder im ersten Stock, weil Kinder- und Schlafzimmer meist im ersten Stock sind und rannte die bereits brennende Treppe hinauf. Dann hörte ich bereits die Kinder schreien und öffnete auf Anhieb die richtige Tür. Die Kleinen standen dort in ihren Pyjamas, hielten sich aneinander fest und weinten. Ich packte sie mir, warf sie mir über die Schulter und rannte mit wahrhaft qualmenden Sohlen zurück. Ich glaube, ich habe sofort als ich nach draußen kam das Bewusstsein verloren und stürzte mit den Kindern zu Boden. Ich bin erst im Krankenwagen wieder ein wenig zu Bewusstsein gekommen, habe es aber sofort wieder verloren und wachte dann im Krankenhaus auf.

Viel mehr gibt es da nicht zu erzählen, Frau Jacobsen, vielleicht nur, dass ich inzwischen, auf Bitten meines Chefs, meinen Dienst in der Freiwilligen Feuerwehr quittiert habe, da ich als schlechtes Beispiel dienen könne. Und um uns

Disziplinarverfahren zu ersparen. Das verstehe ich natürlich und entschuldige mich ausdrücklich und öffentlich für mein ungebührliches Benehmen!
Und um noch einmal zu meinem eigentlichen und wirklichen Anliegen zu kommen:
Wir brauchen einen anderen Antrieb als den nach Besitz, der ein falscher und ein ruinöser Antrieb ist und den die Kirche gepflegt und gehegt hat. Wir brauchen eine Politik und eine Kirche, die das einsehen und mutig voranschreiten. Besitz ist nur Mittel zum Zweck und kein Selbstzweck. Liebe, Respekt, Verantwortung! Freude an all dem Guten, was uns umgibt und für das es sich zu kämpfen lohnt. Das Streben danach, all das in seinem wunderbaren Fluss zu halten…"
„Amen", drängte es sich Frieda auf zu sagen, doch sie unterließ es aus einem Grund, der ihr selbst nicht ganz klar war.
Frau Jacobsen blickte auf und betrachtete das Haus und den Garten. Während sie ihre rechte Augenbraue hochzog, was ihr ein kritisch-sarkastisches Aussehen verlieh und Frieda oft geübt erschien, stellte sie fest: „Sie haben selbst einen ganz beachtlichen Besitz!"
„Den wir gerne mit Angelner Sonne und Wind betreiben würden, was uns aber durch diverse Gesetze ziemlich schwergemacht wird", konterte Hugo, zog seine linke Augenbraue hoch und fuhr fort: „Angelner Sonne und Wind gibt es reichlich und sie sind so viel umweltfreundlicher als russisches Gas und arabisches Öl."

14.

Frieda drängte sich seufzend enger an Hugo und genoss die elektrisierenden Bahnen, die seine Finger auf ihrer nackten Haut hinterließen. Durch das geöffnete Fenster drang kühle Morgenluft und das Summen einiger Bienen, die in den Stockrosen davor nach Nahrung suchten, während die kühle Luft auf dem warmen Prickeln ihrer Haut die Schläfrigkeit aus Friedas Körper trieb. Seine Finger glitten über ihre Schulter, die Taille entlang, wanderten die Hüfte empor und strichen dann ihr Bein hinab. Frieda verharrte still. Sie spürte die Bahn, die seine Finger über ihren Körper gezogen hatten. Jetzt verharrten sie kurz, bevor sie den gleichen Weg zurücknahmen. Auf ihrer Hüfte bogen sie ab und tasteten sich über ihre rechte Pobacke. Aus den einzelnen Fingern wurde eine Hand, die etwas kräftiger die Muskeln ihres Gesäßes massierte. Aus der Ferne tönte das Krähen eines Hahnes. Entweder waren die Bienen früh oder der Hahn spät.

Die Hand wurde wieder zu einzelnen Fingern, die sich nun ihre Wirbelsäule empor bewegten. Der Daumen drückte sanft auf jeden Wirbel. Es knackte leise. Gleichzeitig spürte und hörte sie ein Pusten in ihrem Nacken. Gänsehaut lief wie eine Welle vom Nacken aus über ihren ganzen Körper. Hugo gab ein zufriedenes Schnaufen von sich. Frieda spürte ihr Herz pochen. Die Finger bogen wieder ab und kitzelten ihre Achsel auf dem Weg zu ihrer Brust. Der Zeigefinger umkreiste sie in immer kleineren Spiralen und erreichte schließlich den Gipfel, den er zärtlich umfuhr und mit dem Daumen gemeinsam ein wenig drückte. Frieda wusste, dass Hugo darauf wartete, dass sie ein Geräusch von sich gab. Ein kleines Seufzen oder ein williges Stöhnen. Vorsichtig öffnete sie den Mund und atmete langsam, jedes Geräusch vermeidend, tief ein. Doch auch der tiefe Atemzug blieb nicht unbemerkt. Hugo legte sein rechtes Bein über ihres und drückte sie aus der Seitenlage auf den Rücken. Frieda begann zu kichern, während er mit seiner großen kräftigen Hand ihre Brust umschloss. „Du hast keinerlei Chance", flüsterte er ihr ins Ohr und pustete noch etwas Atem hinterher. Eine weitere Welle Gänsehaut rieselte ihren Körper entlang. Seine Zungenspitze stupste an ihre Lippe, umkreiste ihren Mund und dann lag sein Mund auf ihrem und seine Zunge begrüßte ihre. Während die Zungen miteinander spielten, krabbelte die Hand von ihrem Oberkörper auf ihren Bauch. Zwei, drei Kreise um den Nabel und weiter und dann klingelte das Telefon.

„Immer noch besser als an der Tür", bemerkte Hugo kurz, bevor er sich halb auf sie schob und klarmachte, dass niemand ans Telefon gehen würde.

Frieda sah auf der Wand die Schatten der Stockrosen, die sich im leichten Wind vor und zurückbewegten, die sanft schaukelten, bevor sie die Augen schloss.

Als sie sie wieder öffnete, waren sie kleiner geworden.

Wärme umgab sie. Sie fühlte sich gut und stark. Vorsichtig drehte sie sich zu Hugo und betrachtete sein schlafendes Gesicht. Sie fühlte noch mehr Wärme und wunderte sich, wie viel Gefühle das Betrachten in ihr auslöste. So viel Zärtlichkeit.

Sie schob sich vorsichtig aus dem Bett, um ihn nicht zu wecken und verließ das Schlafzimmer mit ein paar Kleidungsstücken in der Hand auf Zehenspitzen. Eigentlich wollte sie duschen, aber das wollte sie doch nicht. Sie wollte Hugos Liebe nicht von ihrem Körper waschen. Sie wollte nicht nach einem Duschgel riechen statt nach Hugo.
Also ging sie in die Küche, wo Jamie sich freute, dass sie endlich kam. Liebevoll kraulte sie sein ergrauendes Kinn und griff nach dem Sack mit Hundefutter. Nachdem Jamie versorgt war, setzte sie Kaffee auf und zog sich eine kurze Hose und ein T-Shirt über. Währenddessen blubberte ihr Lieblingsgetränk duftend in die Kanne. Frieda goss sich einen Becher voll und holte ihre Zigaretten aus der Handtasche. Barfuß ging sie hinaus in den Garten und durch das immer noch taufrische Gras zu ihrem Platz unter dem Apfelbaum. In der Ferne tuckerte ein Trecker und überall in der Nähe zwitscherten Vögel.
Zufrieden seufzend setzte sie sich auf ihren Stuhl und legte die Beine auf den gegenüber, dann entzündete sie ihre Zigarette und nahm den ersten Schluck Kaffee. Wie immer waren sowohl die Kombination aus Kaffee und Rauch als auch die immer wiederkehrende Freude am ersten Schluck Kaffee, der immer wieder der erste war, ein Hochgenuss.
Frieda liebte diese stillen Morgen, an denen ihre Gedanken unbeschränkt über die weite Angelner Landschaft wanderten, sich spontan und zwanglos entschieden, in welche Richtung sie wollten. Manchmal dachte sie sie selbst verblüffende Dinge, wenn die Gedanken aus der Traumwelt kamen und noch nicht in den bevorstehenden Tag konditioniert wurden. Und jedes Mal war sie traurig, wenn der Tag

mit seinen Pflichten kam und ihre Gedanken einfing und klein machte. Immer wieder nahm sie sich vor, die Gedanken zu konservieren und immer wieder entwichen sie ihr, so wie der Rauch ihrer Zigarette in den Himmel verschwand.

Hugo, dachte sie. Hugo. Und roch seinen Geruch an sich. Der Gedanke an Hugo war wie eine Umarmung von Hugo. Warm und sicher war er. Und stark. Und sie selbst fühlte sich in dem Gedanken an Hugo gleichzeitig stark und schwach. Und sie fühlte, wie sie sich selbst zu einem Gedanken auflöste und mit dem anderen Gedanken verband und wie sie gemeinsam davonflogen. Ein gemeinsamer großer Gedanke, der in alle Richtungen flog.

„Lass uns wegfahren, Frieda", drang Hugos Stimme durch den Gedanken. „Nur heute und nur Jamie, du und ich. Ohne Handys und ohne Probleme – irgendwohin, weg!"

Frieda legte ihre Hand kurz auf den braunen Hundekopf, der auf ihrem Bein lag und dann stand sie auf. „Na dann mal los", sagte sie und ging mit Jamie und Hugo zum Haus, um ihre Sachen zu holen. Ein bisschen Geld und ihren Autoschlüssel. Und kurze Zeit später bog sie aus ihrer Einfahrt und fuhr mit Hugo und Jamie ihren Gedanken hinterher.

Spontan und zwanglos entschied sie, in welche Richtung sie wollten. Sie bogen einmal links und einmal rechts ab, mieden die größeren Straßen und genossen ihre Fahrt durch die sommerlich ruhige Landschaft.

Hugos Hand lag auf Friedas, die auf dem Schaltknüppel lag und so schalteten sie sich gemeinsam alle Gänge herauf und herunter und schalteten sich aus dem hügeligen Angeln ins ebene Nordfriesland hinein. Während Jamie im Kofferraum schnarchte, erreichten sie eine Kreuzung, von der eine schmale Straße abbog und ein Hinweisschild verkündete, dass dies der Weg nach Lüttmoorsiel sei. Sowohl der Name als auch die schmale Straße verlockten Frieda, diesen Weg zu nehmen.

Langsam fuhr Frieda den Weg entlang, an ein paar kleinen Häusern vorbei, aus deren Vorgärten leuchtende Sommerblumen den Vorbeifahrenden zunickten und fuhr auf einen Deich zu, den die Straße überquerte.

„Wow", staunten beide, als sie die Deichkrone erreichten und vor sich eine Landschaft sahen, die von glitzernden Wasserflächen geprägt war und nur das schmale Teerband entlang niedriges Gras-und Buschland aufwies. „Wie eine afrikanische Savanne", stellte Hugo fest. Und tatsächlich fand auch Frieda, dass diese Landschaft mit den wenigen knorrigen Bäumen und Büschen, den Vögeln und Rindern, die sich darin verteilten, diesem Bild ziemlich ähnlich war. Es war der Eindruck von Weite und Freiheit. „Das ist unglaublich schön", stellte Hugo fest, der noch kurz vorher über die Monotonie nordfriesischer Maisäcker gelacht hatte. „Die Wolken machen es noch schöner." Mit dem tiefen Blau des Sommerhimmels vermischte sich am Horizont das Grauviolett einer Gewitterwolke, die dort stand, als überlege sie, in welche Richtung sie segeln solle. „Ja, irgendwie viel interessanter und tiefer als einfaches strahlendes Blau – und noch afrikanischer." Frieda fuhr langsam auf den kleinen Parkplatz an der rechten Seite der Straße, um den Anblick in Ruhe zu genießen. Als sie den Motor abstellte, erwachte Jamie und richtete sich erwartungsvoll auf.

Frieda schaute im Rückspiegel direkt in seine hoffnungsvollen Augen. „Es ist unglaublich, wie sehr ein Hund einen mit seinem Blick unter Druck setzen kann", seufzte sie. „Fahren wir weiter, der Wolke und einem Spaziergang entgegen."
Das Wort „Spaziergang", das Frieda so unbedacht erwähnt hatte, elektrisierte Jamie noch mehr. Unruhig drehte er sich herum, dann wieder nach vorne und legte schließlich eine Pfote auf die Rücklehne der Sitzreihe vor ihm. „Der Erfolg gibt ihm Recht", bestätigte Hugo. „Aber ja, lass uns schauen, was wir dort hinten finden."
Frieda ließ den Motor wieder an, Jamie ließ die Ohren hängen. So hatte er sich das nicht vorgestellt. Frieda hatte ein schlechtes Gewissen. „Gleich, Jamie", sprach sie ihn an. „Wir finden bestimmt gleich einen guten Ort zum Spazieren gehen." Jamie wedelte und klopfte mit seinem Schwanz Beifall.
Frieda fuhr langsam die wellige Straße entlang. Es war nichts los und so konnte sie ihren Augen gestatten, über die wunderbare Natur zu schauen und ihre Seele mit Weite zu füllen. Hugo schien es genau so zu machen. Er schwieg zufrieden neben ihr und wandte den Kopf nach rechts und links, die Eindrücke sammelnd und genießend. Frieda hoffte auf einen Parkplatz. Sie wollte dies alles unmittelbarer spüren, als aus einem Auto heraus, das sie lenken musste und Geräusche von sich gab, die nicht hierher gehörten. Sie wollte den Wind ihre Haut streicheln spüren und die salzige Luft der Nordsee riechen.
Weit vor ihnen tauchte ein niedriges Gebäude auf, vor dem ein Parkplatz lag, auf dem nur wenige Autos standen. Als die Reifen über den Schotter des Parkplatzes knirschten,

sah sie, dass es ein kleines Café war oder ein Imbiss. Statt salziger Nordseeluft roch sie Pommes und Currywurst, was sie nicht störte. Obwohl sie ja auch nicht hierher gehörten. Ein paar Schritte weiter würde sich ihre Sehnsucht erfüllen. Schnell ließen sie Jamie aus dem Kofferraum, der die Leine – Frieda schien es wie achselzuckend – akzeptierte. Durch ein Viehgatter schritten sie auf einen weiteren Deich zu und die Treppe, die steil hinaufführte, hinauf. Dann standen sie oben und sahen auf einen schmalen Damm, der geradeaus in die Ferne das gleißende Wasser der Nordsee durchschnitt. Rechts und links und geradeaus war blitzende und funkelnde Helligkeit. Die Nordsee funkelte unschuldig schön in ihre Augen und der ersehnte Geruch stieg in Friedas Nase. Ohne Worte wendeten sie sich nach links und schritten erst die Deichkrone entlang und dann quer über das kurzgefressene und mit Schafskot übersäte Gras hinab zu dem schmalen Asphaltweg, der das Ufer säumte. Hugos Hand hielt ihre und Jamie, der inzwischen befreit war, lief aufgeregt schnüffelnd ans Wasser.

Weit draußen sah Frieda einzelne Häuser auf winzigen Eilanden. Zerbrechliche Farbtupfer in der graublauvioletten Umgebung. „Die kleinen Inseln dort hinten, die Halligen, stehen bis zu zwanzig Mal im Jahr unter Wasser – Land unter – heißt das, während in einigen der Häuser die Bewohner ganzjährig dort wohnen und die Fluten in ihren Häusern auf den Warften ertragen", erzählte sie Hugo, ein Wissen, von dem sie nicht mehr wusste, woher sie es hatte. "Warften sind die kleinen Hügel, auf denen die Häuser deswegen erbaut werden." Gänsehaut schauderte ihren Körper hinab bei der Vorstellung, wie es sein musste, eine Sturmflut, das Tosen und Dröhnen der anstürmenden Wellen in einem Haus ganz nah ertragen zu müssen – ganz ohne Fluchtmöglichkeit. „Wenn es richtig schlimm wird, müssen die Bewohner auf ihre Dachböden gehen und hören, wie das Meer durch ihr Haus rauscht!" Nach einem weiteren Moment der Vorstellung, dort bei Sturm gefangen zu sitzen und einigen weiteren Wellen der Gänsehaut, deren Ursprung nicht so angenehm wie der des frühen Morgens, fuhr sie fort: „Ich möchte das auf gar keinen Fall erleben müssen."

Hugo starrte mit zusammen gekniffenen Augen über das Wasser. Sie entnahm seinem Gesichtsausdruck, dass er das nicht ebenso entschieden ablehnte wie sie. Ein bisschen Neugierde und etwas mehr Abenteuerlust zeichneten sich dort ab und plötzlich fragte sich Frieda, ob ihr Wikinger sich nicht manchmal langweilte.

„Heut bin ich über Rungholt gefahren,
die Stadt ging unter vor sechshundert Jahren.
Noch schlagen die Wellen dort wild und empört
wie damals, als sie die Marschen zerstört",
sang sie leise vor sich hin.

„Rungholt? Was singst du da über Rungholt?", fragte Hugo erstaunt. „Wieso kennst du Rungholt", fragte sie nicht minder erstaunt, bevor sie sich erinnerte, schon einmal darüber geredet zu haben. Dann erklärte sie kurz. „Das ist ein Gedicht von Detlev Liliencron über die Stadt Rungholt, die durch ihre Lasterhaftigkeit Gottes Zorn erregte und er sie – ähnlich wie bei der Sintflut – durch eine Flut, die dem Ein- und Ausatmen eines riesigen Meeresungeheuers entsprang, auslöschte, um die Menschen für ihre Gottlosigkeit zu bestrafen. Aber wieso kennst du Rungholt?", fragte sie noch einmal.

„Ich kenne Rungholt. Es ist/war eine kleine Siedlung auf Warften", ein kurzes Lächeln streifte sie, „mit einem Hafen, über den wir teilweise unseren Sklavenhandel abgewickelt haben. Ist es untergegangen? Von einer Flut vernichtet?"

Sie saßen inzwischen Hand in Hand im Gras und blickten über die ruhig glitzernde Wasserfläche, von der Frieda sich gerade nicht vorstellen konnte, dass sie sich wütend brüllend zu Wasserbergen auftürmen und eine ganze Stadt vernichten konnte.

„Ja! Von einer Flut, die Marcellusflut oder auch „Grote Mandrenke" genannt wird, weil eben so viele Menschen dabei ertrunken sind. So habe ich es zumindest gelernt, als ich das Gedicht gelernt habe. Ob es stimmt?"

Sie wusste es nicht. Dann fiel ihr Hugos Bemerkung zum Sklavenhandel ein. „Ihr habt mit Sklaven gehandelt?", fragte sie seltsam unangenehm berührt.

„Die Sänften tragen Syrer und Mohren,
mit Goldblech und Flitter in Nasen und Ohren."

Die zwei Zeilen aus dem weiteren Verlauf des Gedichtes fielen ihr wieder ein und ergaben nun einen tieferen Sinn.

„Menschenhandel war und ist ein einträgliches Geschäft, Frieda", schnaubte Hugo. „Du weißt doch wohl, dass das heute nicht anders ist? Natürlich haben wir mit Sklaven gehandelt und Sklaven haben auch Haithabu mit aufgebaut. Was denkst du, wer den langen Schutzwall um unsere Siedlung gegraben und aufgetürmt hat?"

Frieda dachte an den herrlichen Wall, der sich in weitem Bogen um Haithabu zog, auf dem die knorrigsten Eichen wuchsen und Eichhörnchen Jamie regelmäßig in den Wahnsinn trieben, wenn sie ihm die Baumstämme hinauf entwischten und leichtfüßig durch die Baumkronen sprangen, während er unten stand, an den Stämmen kratzte und wütend bellte.

Sie sah nach ihm und sah, wie er an einem, vom Meerwasser ausgeblichenen Ast zerrte, der sich in den Befestigungssteinen zwischen Weg und Küstensaum verhakt hatte. Sie lachte über seine Anstrengungen, einen Ast zu bekommen, den er wenig später wieder vergessen haben würde.

Dann fragte sie sich, ob Hugo inzwischen so weit sein würde, noch einmal mit ihr nach Haithabu zu fahren und den Weg um das Haddebyer Noor zu laufen. Durch seine Heimat zu laufen, die nicht mehr existierte und Erinnerungen in ihm weckte, die er bis jetzt nicht mit ihr geteilt hatte.

Sie schob den Gedanken beiseite und lehnte ihren Kopf an seine Schulter. Hugo legte den Arm um ihre Schultern und zog sie an sich. Ein Grummeln stieg von seiner Körpermitte auf.

„Hast du Hunger? Ich auch!"

„Ja, ich habe Hunger, aber erst möchte ich noch etwas Bewegung!" Hugo erhob sich und streckte Frieda die Hand entgegen, um sie ebenfalls auf die Füße zu ziehen. „Es ist zu schön hier, um so schnell wieder zu verschwinden", stellte er mit einem Blick auf die spiegelglatte Nordsee fest. In Hintergrund erhob sich die Hallig Nordstrandischmoor, auf

der die vier Häuser, die sie beherbergte, hintereinander aufgereiht standen und so winzig und zerbrechlich wirkten. Nicht so, als ob sie einer Sturmflut standhalten könnten.
Auch Hugo sah zu der Hallig hinüber. „Dazu gehört wirklich Mut", nickte er anerkennend in ihre Richtung. Er nahm Friedas Hand und sie wanderten weiter die langgestreckte Kurve Richtung Holmer Siel entlang. Jamie freute sich, dass es weiterging. Er hatte ein interessantes Stück Treibgut gefunden, dass er stolz mit sich trug. Ein alter Schuh. Frieda betrachtete Jamies Beute. „Wenn ich so etwas sehe, frage ich mich immer, was aus seinem Besitzer geworden ist", teilte sie ihre Gedanken mit Hugo. „Warum ist der Schuh im Meer gelandet? Und wo? Was für ein Leben hatte oder hat sein ehemaliger Besitzer?"
„Die Seefahrt ist ein raues Geschäft", nahm dieser ihren Gedanken auf. „Naja, eigentlich weiß ich ja nicht, wie die Seefahrt heutzutage ist. Früher war sie jedenfalls ein sehr hartes Geschäft." Seine Augen blickten in die Ferne, in eine Ferne, die nichts mit dem Horizont zu tun hatte, den Frieda erblickte. Seine Ferne war eintausend Jahre alt. Frieda war froh, dass Hugo ihre Hand hielt. Wenn sie ihn in solchen Momenten nicht spürte, war er zu weit weg von ihr und obwohl es sicherlich er war, der sich einsam fühlen musste, war sie es, die jedes Jahr wie einen Kilometer Entfernung spürte.
Vor ihnen teilte sich das Asphaltband, das die Küste entlangführte. Ein Teil führte den Deich hinauf und über ihn hinweg auf die andere Seite, wo eine kleine Straße zwischen dem Deich und der Wasserfläche des Naturschutzgebietes zurück zum Parkplatz führte.

Hungrig wanderten sie in Richtung des kleinen Kiosks und standen bald hinter zwei anderen Hungrigen vor dem Fenster, aus dem heraus eine rundliche Frau Bestellungen aufnahm.

„Was möchtest du?", fragte Frieda Hugo. „Pommes!" Frieda lachte. Hugos Appetit auf Pommes ließ fast nie nach. Sie wandte der sich der Frau zu und wartete, an die Reihe zu kommen.

„Zwei Pommes mit Mayo und Ketchup", bestellte sie dann, als es endlich soweit war. „Und diese Postkarten noch", ertönte Hugos Stimme, der drei Postkarten auf den Tresen legte. Frieda bezahlte und nahm die Pommestüten entgegen, während Hugo nach den Postkarten griff. Sie gingen ein paar Schritte um das kleine Haus herum zu den Holztischen, die dort standen und von denen glücklicherweise einer frei war.

Seufzend sanken sie nebeneinander auf die raue Bank nieder und griffen mit bloßen Händen nach ihren knusprigen Pommes. Ein kleines glückliches Stöhnen entfuhr Frieda. „Die sind echt lecker", stellte sie hocherfreut fest. „Und auch gar nicht so wenige!"

Genüsslich schmeckte sie Salz und Curry auf einer Lage Fett. Obwohl es bestimmt nicht gesund war, fand sie, dass der Geschmack gut zu der würzigen Nordseeluft passte. Oder auch nur zu ihrem großen Hunger.

„Für wen hast du die Postkarten gekauft? Willst du sie verschicken oder sind sie ein Andenken an unseren Tag „off?"

Hugo sah sie schweigend an. Sie erkannte seinen inneren Zweikampf. Das Bedürfnis, ihr zu sagen, was er dachte, kämpfte mit einem anderen Gefühl. Was es für eines war, konnte sie nicht sehen. War es ein leichter Sonnenbrand oder färbte Verlegenheit seine Wangen rot? Frieda griff nach ihren Pommes und überließ ihn seinem inneren Kampf.

„Ich möchte sie nach Haithabu schicken – an meine Freunde", ergänzte er dann nach kurzem Zögern. „Ich weiß, Frieda, das ist Quatsch, aber ich hatte plötzlich solche Sehnsucht, ihnen etwas von meinem jetzigen Leben zu zeigen und zu erzählen." Hugo seufzte und griff auch wieder nach seinen Pommes.

Mitgefühl durchrieselte Frieda. Sie betrachtete sein abgewandtes Gesicht. In letzter Zeit, nein, eigentlich immer hatte sie wenig, zu wenig, darüber nachgedacht, wie sehr er sein wahres, sein erstes, sein richtiges Leben vermisste. Hugos Zeit hier bei ihr war bis jetzt mit so viel Anderem gefüllt worden. Es gab so viel im Hier und Jetzt zu bedenken und er hatte sich mit so viel Eifer auf das Heute gestürzt. Vielleicht war es die Erwähnung Rungholts gewesen, die die verborgene Sehnsucht geweckt hatte.

„Wenn alle Zeiten nicht nacheinander, sondern parallel abliefen.....", dachte sie laut nach. „Philosophisch wird die Möglichkeit des Nebeneinanders verschiedener Welten schon lange – ich glaube, sogar schon lange vor dir, seit der Antike betrachtet."

Hugo wandte ihr sein Gesicht zu. Fragend. Oder hoffend?

„Das würde auch deinen, ähm," sie stockte verlegen und fuhr dann entschlossen fort, „deinen guten Zustand erklären."

Sie warf Hugo einen schnellen Seitenblick zu. Der sah sie immer noch fragend an. „Guten Zustand?" Frieda errötete nun auch.

„Naja, du warst ja in echt gutem Zustand, als du aus dem Hügel gekommen bist", erläuterte sie zaghaft. „Immerhin bist du ja seit circa eintausend Jahren tot und müsstest komplett vermodert sein", fuhr sie noch zaghafter fort, während sich die Röte ihres Gesichtes vertiefte und ihr zum zweiten Mal heute Gänsehaut über den Körper lief.

Gerade wurde ihr einmal wieder seit längerer Zeit bewusst, dass sie mit einem Mann verheiratet war, den es nicht geben dürfte, der tot war – schon so lange tot war – es sei denn? Sie blickte ihn an. Wer war Hugo?

Sie seufzte. Hugo seufzte auch. Frieda nahm sich vor, über die Gedanken des Nebeneinanders mehrerer Welten zu lesen. Eigentlich konnte es gar nicht anders sein.

„Aber selbst, wenn es Welten nebeneinander gibt, dann bist du doch tot", entfuhr ihr laut, was ihr gerade in den Sinn kam.

„Bin ich tot?", fragte Hugo. Zum Beweis, dass er es nicht war, nahm er ihre Hand in seine. Sie war warm und fest.

„Sie hätten dich wohl nicht begraben, wenn du es nicht gewesen wärst?" Oder wärst oder bist, fragte sie sich leise und drückte seine warme Hand. Hugo sah ihr in die Augen. Seine waren hellgrün. Sie wusste nicht, dass ihre genauso grün leuchteten.

„Lass uns fahren, Frieda!", schlug Hugo vor. Er gab Jamie, dessen Kopf auf seinem Oberschenkel lag und sein Bein nass sabberte, die letzten Pommes aus seiner Tüte und stand auf. Frieda folgte ihm, während Jamie fröhlich voran lief. Sie kamen zu dem Parkplatz, der sich langsam leerte.

Vor ihnen, im Westen, näherte sich die Sonne der Deichlinie, die den Beltringharder Koog umgab und würde bald untertauchen.

Sie fuhren in einvernehmliches Schweigen gehüllt durch die langanhaltende Dämmerung. Frieda fuhr langsam, obwohl sie oft auch gerne schnell fuhr. Heute war kein Tag zum Rasen. Ein schöner Tag näherte sich seinem Ende. Ein ruhiger Tag. Weder Musik noch Geplapper tönte aus dem Radio. Im Kofferraum schnarchte Jamie. Ein Geräusch, das die allgemeine Behaglichkeit erhöhte. Während sie fuhr, überlegte Frieda, welche Bücher sie als nächstes lesen würde. Sie wollte mehr über die Gedanken und Philosophien zum Thema Parallelwelten herausfinden. Sie lächelte vor sich hin, als sie daran dachte, wie sie früher über solche Dinge gedacht, nein, gelacht hatte. Das Leben belehrte sie. Und vielleicht lachten die Götter über sie.

„Schau mal", sagte Hugo plötzlich, als sie die Landstraße Richtung Niesgrus entlangfuhren, von der man bei Tageslicht über ein weites offenes Tal am Waldrand ihr Grundstück sehen konnte. „Halt mal an!"

Frieda bremste und fuhr auf das Bankett. „Was ist denn?", fragte sie irritiert. Hugos Stimme hatte alarmiert geklungen und sie hatte seinen Wunsch sofort erfüllt.

„Schau doch mal", sagte Hugo erneut und zeigte an ihr vorbei. Friedas Augen folgten der Richtung, die ihr der Arm vorgab. „Da brennt ein Feuer", sagte Hugo. Frieda erkannte nun auch das rote unruhige Schimmern eines Feuers. „Und dieses Feuer brennt bei uns, Frieda!"

Sie starrte in der Dunkelheit über die Senke hinweg in die Richtung, in der sie ihr Haus und Grundstück vermutete.

Definitiv gab es in dieser Richtung kein anderes Haus als ihres. Sie starrte. Es gab keine logische Erklärung für ein Feuer bei ihnen. Frieda war auch sicher, am Morgen alle elektrischen Geräte aus- beziehungsweise erst gar nicht angemacht zu haben. Was war da los? Sie merkte, dass ihre Beine zitterten. Sprachlos starrte sie weiterhin ins Dunkle und auch Hugo sagte nichts. Wortlos ergriff er ihre Hand. Als sie eine kleine Weile schweigend dort gesessen hatten und nicht wussten und vielleicht auch nicht wissen wollten, was sie dort erwartete, sprach Hugo schließlich.

„Kannst du langsam weiterfahren, Frieda? Es nützt ja nichts, wir müssen schauen, was da los ist!"

Friedas Herz klopfte. Sie stieß einen Stoß verbrauchter Luft aus ihren Lungen und zog ihre Hand sanft aus Hugos, um den einen Gang einzulegen. Dann gab sie Gas und der Wagen schoss mit einem Satz auf die Straße zurück. Sie hatte zu wenig Gefühl in ihren zitternden Beinen. Langsam näherte sie sich einer Abzweigung, die durch das weite Tal die gegenüberliegende Anhöhe hinauf und zu ihrem Haus führte.

„Wollen wir das Auto hier stehen lassen und uns erst einmal hinschleichen?", fragte Hugo. „Äh", antwortete Frieda. Sie wusste nicht, warum Hugo so vorsichtig sein wollte. "Äh", sagte sie erneut. „Aber, wenn wir das Auto schnell brauchen, immerhin haben wir unsere Handys nicht dabei?"

„Wozu sollten wir das Auto schnell brauchen?", wunderte sich Hugo. „Ach, egal, ja, lass uns zu Fuß hingehen", stimmte Frieda zu, die weder für Hugos Vorschlag noch für eigenes Verhalten vernünftige Gründe nennen konnte. Sie ließ den Wagen vor ein Heckloch rollen und stellte den Motor aus.

Als sie ausstiegen, rochen sie das Feuer und sie hörten Stimmen. Frieda ließ Jamie aus dem Kofferraum springen und nahm ihn an die Leine. Jamie schnüffelte aufgeregt.

Frieda zuckte zusammen, als Hugo ihr plötzlich von hinten ins Ohr wisperte: „Auf jeden Fall ist es bei uns und es sind Menschen dort!" Dann griff er ihre Hand und zog sie im Schutz der langen Haselhecke in Richtung ihres Hauses.

Leise brauchten sie nicht zu sein. Aus ihrem Garten scholl ihnen Lärm entgegen. Es hatten sich dort allem Anschein nach viele Menschen versammelt. Frieda schnupperte. „Es riecht, als ob jemand grillen würde", stellte sie fest. Hugo schnupperte auch und Jamie zog an der Leine. Er wollte schnell in seinen Garten, in dem es so gut roch.

„Das ist eine Party in unserem Garten", stellte Hugo fest. „Dort grillt und feiert jemand. Und sie haben ein großes Lagerfeuer angemacht."

Erleichterung machte Friedas Beine weich. „Aber wer und warum?", wunderte sie sich. „Das werden wir wohl gleich erfahren", meinte Hugo. Sie schritten um die Hecke herum und durch das große Tor in ihren Garten. Hugo hatte wieder Friedas Hand ergriffen und hielt sie fest. So betraten sie ihr Grundstück und sahen auf die fröhlichen Menschen, die nicht nur ein Lagerfeuer entzündet hatten, sondern auch Tische und Bänke, Hugo erkannte die Ausstattung der Feuerwehr wieder, mitgebracht hatten, auf denen Teller und Schüsseln mit Salaten standen. Bierflaschen und Gläser waren auch dabei. Entweder auf dem Tisch oder in den Händen der fröhlich lärmenden Menschen.

„Hurra!", schrie plötzlich eine Stimme. „Hugo und Frieda sind da. Hurra!" Und dann wurde es plötzlich ganz still. Stimmen verstummten und Frieda schien es, als ob sogar das gewaltige Lagerfeuer sein Knistern und Rauschen eingestellt hatte. Alle sahen sie an und dann klatschten und jubelten ihre Besucher genauso plötzlich wieder los. „Hurra für unseren Bürgermeister und seine Frau!", jubelte eine laute weibliche Stimme und andere nahmen den Ruf auf und so brüllte eine Masse Menschen Hugo sein neues Amt entgegen, ein Amt für das er sich nie beworben hatte. „Hurra", murmelte er leise und drückte Friedas Hand noch fester. Sie sah ihn an. Ein Lächeln stand in seinem Gesicht, aber die Augen waren noch ernst.

Die Menschen drängten sich ihnen entgegen, alle wollten gratulieren. Und aus dem Stimmengewirr der Menschen, die in ihrem Garten feierten, die sie aber nicht einmal alle kannten, hörten die Zwei heraus, dass der Artikel erschienen war, Wut und Freude ausgelöst und die Bürgermeisterwahl beschleunigt hatte, diejenigen, die dem Inhalt zustimmten, nun im Garten saßen und sich darüber freuten, jetzt einen tatkräftigen Bürgermeister zu haben, der keine Angst hatte, seine Meinung zu sagen. Die anderen waren zu Hause geblieben und ärgerten sich darüber.

„Mensch, Frieda", hörte Frieda eine Stimme und fühlte sich gleichzeitig umarmt. „Ich wusste ja gar nicht, dass Hugo ein Interview gegeben hat – und was für eins. Endlich sagt einer, was uns bewegt. Super, dass Hugo nun unser Bürgermeister ist."

Annas Gesicht strahlte sie an. Von überall strahlten sie Gesichter an, Hände wurden geschüttelt, sie wurde umarmt, plötzlich hatte sie eine Bierflasche in der Hand und kurze Zeit später ein Whiskyglas. Sie sah, wie Fremde Hugo auf die Schulter klopften, alle wollten mit ihm anstoßen. Gut, dass er so viel vertrug. Anna brachte ihr einen Teller mit Kartoffelsalat und Würstchen. „Ich bin nicht hungrig", wollte Frieda sagen, aber dann sah sie, dass sie es nicht ablehnen konnte. Alle wollten ihr etwas Gutes tun. Also aß sie den Teller leer und trank ihre Gläser leer. Sie versuchte zu verstehen, was ihr durch den Lärm zugeflüstert und gerufen wurde, sie prostete zurück und stieß mit denen an, die mit ihr anstoßen wollten. Immer wieder suchten ihre Augen nach Hugo, unsicher, wie es ihm ginge. Und immer wieder fanden sie ihn irgendwo, meist da, wo die meisten Menschen standen, umringt und beklopft und inzwischen sicherlich ziemlich bezecht.

Manchmal gelang es ihnen, sich kurz anzuschauen, doch konnte sie keine Botschaft in seinen Augen lesen. Immer wieder stahlen ihr andere den Kontakt.

Schließlich sah sie Hannes, etwas abseits unter dem Apfelbaum an den Stamm gelehnt. Auch er hielt ein Glas in seinen Händen. Frieda stand auf und bewegte sich vorsichtig auf ihn zu.

Hannes lächelte ihr entgegen und hielt sein Glas hoch. Sie stieß ihres dagegen. „Auf euch!", sagte er und nahm einen tiefen Schluck. „Kann es sein, dass du damit ziemlich viel zu tun hast?" Er zuckte mit den Schultern und sah sie an. „Findest du nicht, dass es das Beste für ihn ist?", fragte er zurück. „Das Beste für ihn?" Frieda sah in seine blauen Augen und fand sie verschwommen. Verschwommen, aber sehr intensiv. „Nun, er weiß und kann doch sehr viel mehr,

als fünf Mal im Jahr zu einem Feuerwehreinsatz hinauszufahren – oder Frieda?"
Frieda betrachtete ihn, wie er dort am Baum lehnte. Sie wusste gerade nicht, ob sie ihn mochte. Sie wusste auch nicht, was er wirklich dachte – oder wusste – oder meinte zu wissen. „Ja", sagte sie schließlich. „Dass er wesentlich mehr kann, hast du ja schließlich im Interview gelesen, aber du wolltest vorher schon, dass er Bürgermeister wird?" Unbewusst ließ sie eine kleine Frage in ihre Antwort hineinklingen. „Es ist nicht so schwer zu erkennen, dass er jemand Besonderes ist", antwortete Hannes. „Seine Körperhaltung, sein Gang, sein Blick – alles verrät, dass er ein echter Wikinger ist!" Er lachte. Frieda erstarrte. „Ein was?", stammelte sie. „Ein Wikinger, Frieda, ein echter Kerl eben – so, wie ich sie mir vorstelle – auch wenn er aus Brasilien kommt und ein paar hundert Jahre zu spät ist."
„Zu spät?" Frieda fand sich selbst dämlich. „Naja, um einer zu sein. Hoffentlich nicht zu spät, um hier etwas zu erreichen!" Hannes stieß sein Glas noch einmal gegen ihres. „Herzlichen Glückwunsch, Frieda", sagte er und dann stieß er sich vom Baum ab und ging in Richtung Feuer, in Richtung Hugo.

15.

Hugo saß an seinem Schreibtisch im Bürgermeisteramt. Er betrachtete die drei Postkarten, die er niemals wegschicken konnte und die etwas verloren in einem weißen Passepartout eingerahmt an der Wand hingen. Er seufzte leise und beugte sich mit einem Füllfederhalter zwischen den Fingern

wieder über das unbeschriebene Papier, das vor ihm auf dem Tisch lag.
Er schrieb an einer Wahlrede, die keine sein sollte.

> *Das Ziel einer politischen Wahl sollte es sein, dass diejenigen, die gewählt wurden,*
> *den mehrheitlichen Willen des wählenden Volkes umsetzen, nicht der, zu versuchen,*
> *einer Mehrheit den eigenen Willen aufzuzwängen. Die Phase dessen, was gemeinhin*
> *als Wahl – Kampf bezeichnet wird, sollte also eine Phase der Bemühung sein, den*
> *Willen des Volkes herauszufinden und Pläne zu erarbeiten, diesen im Rahmen der*
> *vorhandenen Möglichkeiten umzusetzen.*
> *Wer den Willen der meisten am besten umsetzt, gewinnt NICHT, denn es geht NICHT*
> *um Sieg oder Niederlage. Wer die Worte Macht, Sieg oder Niederlage in diesem*
> *Zusammenhang gebraucht oder auch nur denkt, pervertiert das demokratische*
> *System.*
> *Es geht nicht um den Sieg oder die Niederlage einzelner Parteien oder Politiker. Es*
> *geht darum, GEMEINSAM einen Weg zu finden, der für ALLE Menschen die*
> *bestmöglichen Voraussetzungen schafft.*
> *Dafür braucht es weder einen KAMPF, noch führt es zu Sieg oder Niederlage. Das Resultat einer Wahl führt zur*

Beauftragung einer gewissen Personengruppe, Verantwortung zu übernehmen. Es ist NICHT die Beauftragung, Macht zu übernehmen.

Politiker aller Parteien sollten dieses mit Demut und Respekt tun, statt einander und den ermüdeten Wählern ein verlogenes Spektakel übergriffiger Rhetorik anzubieten und Einfallsreichtum höchstens darin zu beweisen, grundsätzlich ALLES, was andere als den richtigen Weg erachten, zu verteufeln.

Nichts anderes als ein ernsthaftes, vernünftiges Streben für die eigene Nation und – da jedes Menschsein anderes ausschließt, für alle Nationen muss das Ziel der Politik sein.

Wir brauchen kein Kasperletheater, keinen Wahl-KAMPF, keine Sieger und Verlierer und schon gar nicht jemanden, der an die Macht will, denn schon die Rhetorik verrät die Intention dessen, der dorthin will: Macht!

Wenn wir gegeneinander kämpfen, kämpft etwas innerhalb eines Organismus', denn nichts Anderes sind wir mit und auf unserer Erde, gegeneinander.

Wenn so etwas innerhalb unseres Körpers geschieht, gibt es ein Wort dafür: Krankheit!

In einer Zeit, in der unser Hausmeister ein Facility-Manager wird und aus unseren Studentinnen und Studenten Studierende werden, sollten demokratische Vorgänge nicht als ein Wahlkampf, der unausweichlich zu Sieg und Niederlage führt und jemanden an die Macht lässt, bezeichnet werden.

Wir sprechen, wie wir denken und so handeln wir auch. Nicht der, der am lautesten schreit, ist der Gewinner. Nicht der, der das lautere rhetorische Getöse veranstaltet, ist der Gewinner. Nicht der, der am erfolgreichsten lügt und betrügt, ist der Gewinner – weil es keine Gewinner dabei gibt.

Je schwächer wir uns fühlen oder es sind, desto eher jubeln wir „scheinbar" starken Menschen zu, die oftmals einfach nur (erfolg)reich oder rhetorisch geschickt sind. Je stärker wir sind und uns fühlen, desto eher können wir vernünftig und aggressionslos handeln.

Je wahrhaft gebildeter Menschen sind, desto eher können sie eine Demokratie bilden, eine „Herrschaft" des Volkes unter Verzicht der Diktion irgendwelcher Despoten und Idioten.

Um uns stärker zu fühlen, müssen wir die abgetakelte Bildungspolitik wieder auftakeln.

Hugo blickte auf und betrachtete erneut die Postkarten. Das Schlimmste war, nein, es war doch eher das Beste, nur eben schlimm, dass es nicht die allergeringste Notwendigkeit dafür gab.

Alle Menschen dieser Welt könnten in bescheidenem Wohlstand leben – friedlich und zufrieden. Und vermutlich wollten dies die allerallerallermeisten auch genau so. Er schien nur die Postkarten zu betrachten, aber der Blick auf die Postkarten war für ihn der heimliche Tunnel nach Haithabu. Er spielte mit dem Stift zwischen seinen Fingern. Das Leben in Haithabu war schwer und doch um so vieles leichter als das heutige Leben. Es war übersichtlicher.

Seine Augen durchdrangen die Nordsee und sahen das Haddebyer Noor. Es war Sommer und er schwamm dort mit anderen Knaben, mit seinen Freunden. Sie schwammen bis an das gegenüberliegende Ufer und kletterten dort die steile und lange Böschung hinauf. Wie oft hatte er dort, wo er mit Frieda gegangen war und gestanden hatte, mit seinen Freunden gesessen.

Hugo schloss die Augen und sah das kleine Feuer, das sie sich in einer kleinen Kuhle entzündet hatten und roch den gebratenen Fisch, den sie sich mit bloßen Fingern in die hungrigen Münder gestopft hatten. Er hörte das Lachen seiner Freunde und das Klappern der Stöcke, die sie als Schwerter benutzten, um sich zu prügeln.

Sie schwammen zurück und er stieg als junger Mann aus dem Wasser. Plötzlich kam eine junge Frau um eine Ecke. Sie trug ein einfaches blaues Kleid, war barfuß und ihre Haare ringelten sich offen auf ihre Schultern. Sie lachte ihn an oder aus, als er nackt aus dem Wasser stieg und dann lachte sie noch mehr, als er sich schnell umwandte. Das fröhliche Blitzen ihrer Augen drang in sein Herz.

Frieda! Ob Frieda mit ihm in Haithabu glücklich sein könnte? Vielleicht wäre es sogar leichter für sie dort, als für ihn hier? Hugo seufzte erneut und zog seine Augen aus der Nordsee und zwang sie auf das Papier, das vor ihm lag.

Bildung! Heute waren die Menschen viel gebildeter als sie es früher waren. Aber es schien ihm, sie waren nicht gebildet genug. Oder aber sie nutzten ihre Bildung nicht genug. Oder nicht richtig.

Er grübelte. Warum sahen die Menschen fast teilnahmslos zu, wenn ihre moralische Instanz, hier das Bistum

Eichstädt, vierzig Millionen Euro in windigen Immobiliengeschäften verlor und sich dafür noch nicht einmal entschuldigte? Selbst wenn das Bistum über Milliarden verfügte, woher und wofür eigentlich und vierzig Millionen nur „Peanuts waren.

Warum sahen sie fast teilnahmslos zu, nein, nicht teilnahmslos, sie lachten, wenn ein Comedian darüber scherzte, dass der Bau des Berliner Flughafens tagtäglich eine Millionen Euro verschlang und schon mehr als zweitausendfünfhundert Tage seit seiner ursprünglich geplanten Eröffnung vergangen waren?

Warum sahen sie zu, wie ein mutiges kleines schwedisches Mädchen für bessere Umweltpolitik streikte und stritten dann, wenn ihre eigenen Kinder es auch taten und hinterher ihre Plakate und Bierflaschen in die Flensburger Förde warfen?

Warum sprachen sie nicht mit ihren Kindern, wenn diese die Nacht vor dem PC mit Ego-Shooter-Spielen verbrachten, in denen sie wer waren und Macht mit Waffengewalt ausübten?

Warum nutzten die Menschen nicht all dieses wunderbare Wissen, das Frieda in kleinen Teilen vor ihm ausgebreitet und ihm den Zugang zu noch viel mehr ermöglicht hatte?

Warum sahen sie teilnahmslos zu, wie jahrjährlich zig Milliarden Euro in Militärausgaben flossen?

Mit dem Wissen von heute und dem Geld, das sie verschwendeten, könnten alle Menschen in Frieden leben. In Frieden leben in einer ökologisch und ökonomisch bestens geordneten Welt.

War das eine verrückte Idee? Sind Krieg und Gewalt normal für uns und ist Frieden verrückt? Kann Frieden nur durch Gewalt oder deren Androhung erreicht werden?

Hugo drehte an seinem Stift und schüttelte den Kopf. Nein, nach all dem, was er gelesen hatte, gab es genug Bildung auf der Erde, um Konflikte anders zu lösen. Immerhin – und darüber staunte er wirklich, wollten die Menschen auf den Mars fliegen, um ihn vielleicht eines Tages zu besiedeln. Würden sie Streit und Kampf mitnehmen, sich bekämpfen, um diejenigen sein zu können, die seine Ressourcen plünderten.

Ein anderes Zitat, das ihm Frieda gezeigt hatte, kam ihm in den Sinn:

Er ist schon lang ins Fabelbuch geschrieben;
Allein die Menschen sind nichts besser dran,
Den Bösen sind sie los, die Bösen sind geblieben.

Sie hatte ihm die Geschichte von Faust und seiner Suche erzählt und ihm erklärt, dass diese Sätze eine Anspielung auf die Geschehnisse nach der Aufklärung waren, als die Menschen aufhörten, an ihn, den Bösen und sein Reich, also Satan und seine Hölle, zu glauben.

Eine Möglichkeit weniger, die Menschen durch Angst in Schach zu halten. Nun musste man Atomwaffen bauen und damit drohen. Musste man? Musste man sich wirklich gegenseitig bedrohen? Mit Waffengewalt kontrollieren? Wovor fürchteten sich die Menschen?

Vor sich selbst? Frieda hatte ihm noch mehr aus Goethes Faust vorgelesen:

(….)

Ich bin der Geist, der stets
verneint!
Und das mit Recht; denn alles,
was entsteht,
Ist wert, dass es zugrunde geht;
Drum besser wär's, dass nichts
entstünde.

Ja! Manchmal, wenn er und Frieda die Nachrichten sahen, konnte man das wirklich denken, denn die Menschen schienen ihnen dann höchstens in der Theorie belehrbar.
Wieder dachte er an die katholische Kirche, die als moralische Instanz seit zwei Jahrtausenden Habgier salonfähig machte. Und Menschen lernen durch Nachahmung. Sie werden ahnungslos geboren und ahmen nach, was ihnen zuerst die Familie und später dann die Gesellschaft vorlebt. Erst ahmen sie Gestik und Mimik, dann Worte und weiteres Handeln nach. Irgendwann ahmen sie das nach, womit andere erfolgREICH geworden sind.
Er erinnerte sich. Irgendwann hatte Frieda ihm einen Artikel gegeben, in dem zu lesen stand, dass die die beiden großen Kirchen in Deutschland zusammen ein Vermögen von etwa 435 Milliarden Euro besäßen. Wenn das nicht erfolgREICH war!
Wie viel mochte es weltweit sein? Warum flossen dahin noch Steuergelder? Warum nahm die Kirche diese überhaupt in Anspruch? Welch Bild entwarf sie von sich?
Aber dann zuckte er mit den Schultern. Sie taten es, weil offensichtlich niemand etwas dagegen hatte. Und vielleicht

noch nicht einmal ‚nichts dagegen'. Eine bessere Rechtfertigung für unmoralisches Verhalten als auf eine Kirche zu weisen und es dort potenziert zu sehen, konnte es kaum geben. Noch nicht einmal das Gewissen der christlichen Nächstenliebe trieb sie dazu, das Hungern, Leiden und Sterben so vieler Menschen, Tiere und Pflanzen zu beenden. Gottes wunderbare Schöpfung! Drum besser wär's, dass nichts entstünde?

Immerhin sprechen sie die dann irgendwann heilig, die einmal gute Menschen waren und geteilt haben. Ob das etwas kostet? Das Heiligsprechen? Oder bekamen sie am Ende auch dafür noch Steuergelder? Sankt Nikolaus! Oder Sankt Martin, der seinen Mantel teilte!? Die Vermarktung der Heiliggesprochenen spülte bestimmt Geld in die Kassen!

Mir geistert ein Begriff durch den Kopf, von dem ich nicht weiß, woher ich ihn kenne: Status-quo-Verzerrung wandert durch meine Gehirnzellen. Status-quo-Verzerrung. Was bedeutete das bloß?

Meine Hand langt nach meinem Becher Eierpunsch, der nur noch lauwarm ist und – nachdem ich versuche mit seiner Hilfe die Verzerrung zu lösen, feststelle, dass er lauwarm ekelhaft schmeckt.

Ratlos schaue ich mich um. In meinem Zitatenordner steckt er nicht. Das wüsste ich. Schnell drücke ich die On-Taste meines Rechners. Zur Not mit Internet. Ungeduldig nehme ich noch einen Schluck, den ich, als ich in die Küche gehe, schnell in die Spüle spucke, bevor ich den Becher in die Mikrowelle stelle. Dreißig Sekunden später dampft mir der

Geruch von Eierlikör in die Nase und ich gehe, mit dem Becher in der Hand, in mein Arbeitszimmer zurück. Mein Rechner ist soweit, dass ich mein Passwort eingeben kann und dann – endlich – gebe ich die Verzerrung in die Suchleiste ein.
Ein hastiger Schluck verbrennt meine Zunge und ich zünde mir auch schnell noch meine Pfeife an, um im Geruch des Auenlandes und mit dem Geschmack des Eierlikörs herauszufinden, warum mir der Begriff gerade in den Sinn kam.
„Übermäßige Bevorzugung des Status-quo gegenüber Veränderungen", lese ich. Ein Fachbegriff aus der Psychologie für eine gewisse Form der Trägheit.
„Menschen bevorzugen den Erhalt ihres Status-quo, selbst wenn dieser ungünstig ist", lese ich weiter. Und dann lese, trinke und rauche ich noch weiter: „Der Status-quo-Verzerrung, auf Englisch bias, ist der Default-Effekt nahe, der besagt, dass Menschen die Option bevorzugen, die Default-Option, bei der sie keine aktive Entscheidung treffen müssen."
Ich möchte, dass mein Gehirn arbeitet, um diese Information zu verwerten, aber offensichtlich sind meine Gehirnzellen im Eierlikör baden gegangen und relaxen tatenlos in der warmen Flüssigkeit.
Während ich mir wünsche, der Eierlikör würde aus meinem Gehirn verdampfen, nehme ich einen weiteren Schluck. Vielleicht spült er meine Gedanken in die richtige Richtung?
Während meine Gedanken träge durch den Eierpunsch gleiten, fallen mir Dutzende meiner Pfarrkinder ein, die heftig unter dem einen oder dem anderen oder beidem leiden.

Wie oft habe ich mich schon gewundert, warum diese Menschen ihre Situation nicht ändern, ihr Leben in beide Hände nehmen und sich aus dem Hässlichen ihres Lebens befreien. Meine Gedanken und Augen wandern allmählich zu dem, was ich als letztes von Hugos Überlegungen aufgeschrieben habe und langsam dämmert mir, warum mir der Begriff der Status-quo-Verzerrung einfiel.

Hugo wunderte sich, so erzählte es mir Frieda, darüber, dass die Menschen so tatenlos zusehen, wie so Vieles falsch läuft im gesamtgesellschaftlichen Leben. Mein Herz schlägt nun schneller und meine Gedanken rattern, während aus Mund und Nase Rauch quillt und Eierpunsch die Kehle hinabrinnt.

Ist die Status-quo-Verzerrung bzw. das Bevorzugen eines Status-quo, aber nicht beibehalten müssen genau das, was den freien Willen ausmacht? Ist das BLOSS bevorzugen das, was uns Menschen physikalisch vom Ding unterscheidet?

Ich zwinge mein Gehirn weiterzudenken und schenke ihm ein wenig anregendes Getränk.

Je größer die Masse ist, desto größer muss die äußere Kraft sein, die sie in Bewegung setzen kann.

Betrübt schaue ich an mir herunter: Die Ränder meines Oberhemdes klaffen im Sitzen zwischen den Knöpfen auseinander und geben den Blick frei auf das darunter befindliche Unterhemd, Doppelripp, der Stoff ist so gespannt, dass die „Rippen" kaum noch als solche erkennbar sind. Die Schluchten und Berge des Doppelripps sind gerade noch sanfte Hügel und weite Täler: Ich bin zu dick!

Damit befinde ich mich in Gesellschaft vieler Menschen. In Deutschland sind die meisten Frauen und Männer zu dick.

Vergrößert die rein physische Masse die Status-quo-Verzerrung?
Stelle ich mir die Institution Kirche, besonders die katholische Kirche mit ihren immensen Schätzen als Masse vor, so ergibt sich, aus dem Gesetz der Trägheit schließend, der Bedarf einer immensen Kraft, um diesen Zustand zu ändern.
Dass die katholische Kirche eine ÜBERMÄSSIGE Bevorzugung ihres Status fühlt, erstaunt mich nicht. Den Gedanken, dass es den Reichen schwerer fällt als den Armen, ihren Status zu verändern, muss ich nicht weiter überprüfen. Smaug hat auch nicht einfach so den Einsamen Berg geräumt.
Der Default-Effekt, fällt mir noch ein, soll jetzt genutzt werden, um Menschen zum Organspenden zu bringen. Sie sollen es aktiv ablehnen müssen, statt es aktiv als Option zu wählen. Hmh, ein weites Feld!

Hugos Blick wanderte aus dem Garten zurück auf die Postkarten und mit seinem Blick wanderte auch seine Seele wieder durch den Tunnel der Nordsee zurück nach Haithabu. Er schlenderte über die hölzernen Stege, die sich über kleine Bäche spannten, die dem Noor entgegen glucksten und die schmalen Wege entlang, die sich kreuz und quer durch sein Zuhause zogen. Obwohl es recht laut war, da überall Hühner gackerten, Schweine grunzten und Menschen sich irgendetwas zuriefen, empfand er Ruhe bei seinem Gang. Aus den reetgedeckten Häusern klangen Laute des täglichen Lebens, Töpfe schepperten und Rauchfahnen zogen über die Katen. Er ging weiter an einem größeren Haus vorbei und hörte das Klirren der Ketten, die die Sklaven trugen.

Ein Stück vor sich sah er die junge Frau, die ihn so keck an- oder ausgelacht hatte, als er nackt aus dem Wasser stieg. Er folgte ihr. Nicht eilig, aber bestimmten Schrittes schritt sie dem Rand der Siedlung entgegen, passierte die letzten Katen und Höfe und ging dann weiter in Richtung des großen Walles, der Haithabu umgab.

Zufrieden folgte er dem lautlosen Gang ihrer nackten Füße, die unter einem leuchtend blauen Leinenkleid zum Vorschein kamen. An feuchten Stellen konnte er den Abdruck ihrer Füße erkennen und freute sich daran, so zu gehen, dass die Abdrücke seiner viel größeren Füße die der ihren umschloss. Er lachte ein bisschen über sich selbst, da er wusste, dass der breite Gang ihm etwas Watschelndes gab.

Die Sonne liebkoste seine Heimat mit warmen Strahlen und Vögel sangen zum Dank fröhliche Lieder. Schmetterlinge taumelten beglückt durch duftende Blumen und Kräuter. Er wusste, auch ohne sich umzudrehen, dass das Noor hinter ihm mehr schimmerte und glänzte als alle Edelsteine dieser Welt.

Die junge Frau vor ihm erklomm den Wall. Mit der einen Hand schürzte sie ihr langes Kleid, während die andere in die jungen Schösslinge griff, die am Rande des Pfades wuchsen, um sich an ihnen den steilen, rutschigen Pfad emporzuziehen. Oben angekommen, entschwand sie seinem Blick.

Er tat es ihr gleich und stemmte sich den abschüssigen und glitschigen Pfad hoch. Oben angekommen, sah er, dass sie sich nach links gewendet hatte und dem kleinen Weg, der auf dem Wall verlief, in weitem Bogen um die Siedlung folgte. Auch er nahm diese Richtung und nun konnte er den

Blick über das gleißende Wasser, an das sich Haithabu schmiegte, genießen. Am gegenüberliegenden Ufer entdeckte er die Stelle, an der er mit seinen Freunden gespielt, gegessen und gerangelt hatte. Wann war das gewesen? Gestern erst? Dieser Ort berührte ihn. Er verband etwas mit ihm, was er nicht erklären konnte. Er schaute nach vorne und sah etwas Blaues zwischen den Bäumen verschwinden. Er folgte ihr und ihren Spuren, als er sah, dass sie den Wall hinunter in die angrenzenden Weiden mit ihrem lockeren Eichenbestand gegangen war. Vorsichtig schritt er den abschüssigen Pfad hinab. Etwas vor ihm konnte er sie sehen, sie war stehen geblieben und bückte sich, wie um etwas aufzunehmen oder zu pflücken.

Lautlos schritt er näher. Dennoch musste sie ihn gehört oder erahnt haben, denn sie streckte sich hoch und wandte sich gleichzeitig um – ihm entgegen.

Ihre Augen, ihr Gesicht lächelten ihm so froh entgegen. So froh und voller unverhohlener Liebe, wie ihn nur eine anlächeln konnte.

„Frieda", sagte er und öffnete seine Arme. Ihr Lächeln, wie konnte das sein, wurde noch glücklicher, während sie ihm die wenigen Schritte, die sie trennten, entgegeneilte und endlich warm in seine weit ausgebreiteten Arme sank.

„Andri!", sagte sie und kuschelte sich kurz an seine Brust, bevor sie den Kopf hob und ihm ihren Mund zum Kuss entgegenstreckte. Ihre Lippen waren sein Zuhause.

Sie waren das Tor zum Glück, die Pforte in die Seligkeit. Sie waren Wärme, Zartheit und gleichzeitig berauschende Energie. Sie waren Kraft und Schwäche. Verheißung und

Erfüllung. Sie waren der Weg um Eins zu werden. Zur Verschmelzung.
Ihre kleine Hand glitt unter sein Hemd und streichelte Liebe auf seine Haut.

16.

Frieda saß zusammen gekrümmt auf ihrem Sofa. In ihr und um sie herum und überall war Schmerz. Sie atmete Schmerz. Atmete ihn ein, atmete ihn aus und wieder ein. Ihre Haut schmerzte. Ihre Haare ringelten sich in Schmerzen auf ihre schmerzenden Schultern. Sie verharrte reglos in der Unerträglichkeit des Lebens.
Um sie herum waren Menschen, in jedem Raum, im Garten, überall. Obwohl sie außer dem Schmerz nichts spürte, bemerkte sie die Anwesenheit der Menschen. Obwohl sie allein sein wollte, war es ihr egal. Alles war egal. Nichts sehend, starrte sie vor sich hin. Ohne zu hören, hörte sie die Menschen reden.
„Sie ist so dermaßen traumatisiert, dass man meinen könnte, sie habe etwas damit zu tun", hörte sie eine Polizistin in das Ohr eines Polizisten tuscheln. Diese Botschaft gelangte in ihr Gehirn. Ich habe etwas damit zu tun, dachte sie verschwommen und dachte an das Buch, das sie von Hugos Schreibtisch genommen und ins Regal gestellt hatte, bevor sie die Polizei anrief.
Immer wieder versuchten die Polizisten sie zu befragen und scheiterten an ihren leeren Augen und ihrem schweigenden Mund.

Ein Arzt war gekommen und hatte einen Schock diagnostiziert. Wie befragt man jemanden, der unter Schock steht? Aber für die Polizei schien jede Minute wichtig und immer wieder versuchten sie, sie zum Sprechen zu bringen. Frieda konnte nicht sprechen. Ihre Zunge lag mit dem Gaumen verwachsen reglos und schwer in ihrem Mund. Wo ihr Gehirn gewesen war, war Schmerz. Sie konnte auch nicht denken. Sie konnte nur Schmerz fühlen. Stechenden, bohrenden, ziehenden, erdrückenden, alles umfassenden Schmerz. „Jamie", dachte sie kurz, als sie die Silhouette eines Hundes wahrnahm. Aber es war nur der Spürhund der Polizei. „Jamie", dachte sie nochmals und ganz kurz erschien das Bild des Grabhügels im Wald vor ihren leeren Augen. Der Grabhügel! Sie stöhnte auf. Blicke richteten sich auf sie. „Frau Hammer?", murmelte eine Stimme an ihr Ohr. Frieda kreuzte die Arme und klammerte sich mit den Händen an ihren Oberarmen fest. „Bitte, Frau Hammer", die Stimme wurde eindringlicher. „Bitte reden Sie mit uns!"
Frieda wusste nicht, worüber sie mit diesen Menschen reden sollte. Die suchten eine Antwort, die sie kannte, ihnen aber nicht geben konnte. Auch nicht wollte. Sollten sie doch suchen.
Im Schmerz schien die Zeit stehengeblieben. Wie lange saß sie schon hier? Waren es Minuten oder Stunden? Waren es sogar Tage? Frieda saß auf dem Sofa und wiegte sich sanft hin und her. Vor und zurück. Immer wieder. Tagelang? Menschen kamen und gingen. Menschen blickten auf sie, Menschen tuschelten, sahen sie an, es legten sich Arme um ihre gebeugten Schultern, Hände strichen über ihre Stirn,

ein Glas Wasser wurde an ihre Lippen gedrückt und netzte den Schorf. Minuten-, stunden-, tagelang. Immer wieder.
Ein Mann erschien. Seine Augen waren auf sie gerichtet. So ernst auf sie gerichtet. Ihr schien es, dass sie aufstehen müsse und sie stand auf. Der Mann sprach. Sie sah Worte aus seinem Mund kommen und plötzlich hörte sie, was er sagte: „Frau Hammer, es tut mir sehr leid und wir haben alles getan, was wir tun konnten, aber Ihr Mann ist wie vom Erdboden verschluckt."
„Vom Erdboden verschluckt", hörte sie und dann wurde es schwarz um sie herum und sie ließ sich dankbar und glücklich in die Schwärze fallen. „Hugo", dachte sie. „Vom Erdboden verschluckt, ich komme!"

Frieda hatte mir erzählt, wie erleichtert und dankbar sie in die Schwärze geglitten war und den winzigen Moment des Bewusstseins gedacht hatte, dass es für immer sei. Dass sie Hugo folgen und wieder mit ihm vereint sein könne. So, wie es sein sollte.
Als sie vor mir saß und erzählte, wie es war, als sie das Bewusstsein wiedererlangte und darum kämpfte, es wieder zu verlieren, als sie erzählte, wie sie sich gegen Stimmen und Licht gewehrt hatte, waren ihre Augen schwarz und ihre Stimme war rau. Dennoch wirkte sie nahezu teilnahmslos, als sie weitererzählte, wie sie sich Nacht für Nacht zu dem Hügel geschlichen hatte, wie sie mit bloßen Fingern versucht hatte, sich hinein zu graben, sich ins Erdreich zu kratzen, wie sie gewühlt und geschaufelt hatte, bis sie vor Weinen nicht mehr kratzen, wühlen und graben konnte

und hilflos schluchzend auf dem Hünengrab zusammengebrochen war.

Sie hatte mich ruhig angesehen als ich sie betrachtete und angesichts der schieren Verzweiflung in ihrem Bericht das Naheliegende dachte.

„Ja", sagte sie. „Daran habe ich andauernd gedacht und ich wollte es auch tun. Ich wollte mir auf dem Hügel ", sie lächelte so unglaublich entrückt „– immerhin hatten wir dort auch Monate vorher Jamie begraben – das Leben nehmen. Es war der einzige Weg, der mir einfiel, den beiden nahe zu sein, die dort im Erdreich für immer von mir getrennt sind."

Sie schwieg eine Weile und ich wartete auf die Erklärung, die nun kommen musste. Auf die Erklärung, warum sie es nicht getan hatte.

„Ich konnte nicht in der Erde verschwinden, ich wäre dort liegen geblieben, gefunden und auf irgendeinen Friedhof gebracht worden. Ich konnte und ich wollte nicht riskieren, dass der Hügel untersucht wurde. Ich wollte nicht, dass sie mit Maschinen oder Schaufeln kommen und an dem Hügel graben. Ich weiß, dass sie dort Jamie gefunden hätten. Der Hügel hatte schon ihr Interesse geweckt, weil der Spürhund, den sie zur Suche eingesetzt hatten, bis dorthin Hugos Spur gefolgt war."

Sie lächelte noch entrückter und trauriger. Ging das überhaupt? „Natürlich war er bis dorthin Hugos Spur gefolgt, denn sie führte ja dorthin und dort endete sie auch. Ich wusste es, als ich nach Hugo suchte und sah, dass seine Kleidung und sein Schwert mit ihm verschwunden waren."

Wieder schwieg sie eine Weile. „Und wenn ich vorher aufmerksamer gewesen wäre, hätte ich es mir auch schon vorher denken müssen. Hugo war müde. Seit er Ministerpräsident war, hatte er immer mehr das Gefühl, eine Art Heilsfigur zu werden. Jemand, in den alle ihre Hoffnungen setzten, jemand, von dem sie erwarteten, dass er den Weg finden würde, alle Probleme zu lösen."

Frieda schwieg. „Natürlich ist Hugo gekommen, um uns zu helfen", erklärte sie dann. „Aber er wollte, dass wir anfangen, uns selbst mehr zu kümmern. Er war der Ansicht, dass wir alle mehr Verantwortung übernehmen müssten. Jeder für sich und alle zusammen. Nicht mit dem Finger auf andere zeigen und erwarten, dass die etwas tun. Und am Ende dann noch darüber meckern, dass es nicht das Richtige sei. Er wollte uns zeigen, was wir selbst alles können und wissen und dass wir unser Wissen benutzen sollen." Dann setzte sie ihren Bericht über Hugos Verschwinden fort.

„Ich habe der Polizei gesagt, dass Hugo oft zum Grabhügel ging und dort nachdachte, wenn ihn etwas beschäftigte und dass er dann den gleichen Weg zurückkam." Sie zuckte mit den Achseln. „Was auch stimmte – nur, dass er dieses Mal nicht zurückkam. Weder den gleichen Weg noch einen anderen.

Ich denke, die Polizei denkt, dass ich mehr weiß, als ich sage", setzte sie schließlich nach einer weiteren Pause des Nachdenkens ihre Erzählung fort. „Das tut mir leid – besonders deswegen, weil es stimmt. Aber ich wüsste nicht, was ich sagen könnte. Wie soll ich das Unerklärliche erklären? Oder aber, mein schlechtes Gewissen über all das, was ich nicht sage, lässt mich glauben, dass es so ist. Ich weiß es nicht!" Lag eine Aufforderung in ihren Augen? Bat sie mich um etwas? Absolution?

Noch jetzt winde ich mich verlegen auf meinem Stuhl, wenn ich an diese Situation zurückdenke. Ich wusste nicht, was ich dazu sagen sollte. Es war nur ein paar Stunden her, dass Frieda mir den Anfang ihrer Geschichte, dass sie mir vom Erscheinen oder sollte ich besser sagen Auftauchen oder noch besser Auferstehen Hugos berichtet hatte. Ich war überfordert und sprachlos und sah sie nur an.

„Hugo hat sich neben seiner vielen Arbeit besonders mit dem Thema Verantwortung beschäftigt. Auf seinem Schreibtisch lag ein Buch mit verschiedenen Studien zu diesem Thema und auch darüber, warum es so oft Menschen sind, die an die Macht drängen, die es besser sein ließen und dass wiederum andere Menschen diese absolut ungeeigneten Menschen tatsächlich wählen. In Wirklichkeit ist ja nicht der eine oder andere Vollidiot in der Politik unser Problem, sondern, dass so viele Vollidioten wählen."

Mein Herz erwärmt sich jetzt noch, wenn ich an das winzige Lächeln denke, mit dem Frieda ihre grammatikalische Ungenauigkeit quittierte.

„Dass so viele Menschen Vollidioten wählen", korrigierte sie sich mit einem helleren Schein in ihren Augen.
„Wie dem auch sei: Bevor ich die Polizei anrief, habe ich dieses Buch von Hugos Schreibtisch genommen und in sein

Bücherregal gestellt. Ich wollte nicht, dass jemand das sieht und vielleicht falsche Rückschlüsse zieht."

An dieser Stelle musste ich kurz überlegen, was Frieda mit „falschen Rückschlüssen" meinte. Ich kann nur glauben, dass sie gedacht hatte, es könne der Verdacht aufkommen, Hugo habe Suizid begangen.
Zu meiner Schande muss ich zugeben, dass ich genau das dachte. Hatte er das denn nicht? Dass er seine Wikingerkleidung angelegt, sein Schwert genommen und zu seinem Grabhügel gegangen war, ließ doch nur diesen einen Gedanken zu: Dass er wieder das sein wollte, was er gewissermaßen sowieso war: Tot!

Frieda starrte mich an. Eine kleine Falte war zwischen ihren Augen erschienen. „Nein!", sagte sie dann in sehr bestimmtem Tonfall.
Die Erinnerung an diesen Teil des Gespräches ist mir sehr peinlich. So peinlich, dass ich aufstehe und mich in die Küche begebe. Dummerweise ist mir der Gedanke, dass ich genau in diesem Moment aufstehe, um mir etwas zu trinken zu holen, genauso peinlich, wie der, dass ich in diesem Moment versagt habe und Frieda mir, statt ich ihr, helfen musste.

Seltsamerweise greife ich nach der staubigen Flasche Champagner, einer Flasche Dom Perignon, die in den Regalen weit hinten schon lange auf ihren Einsatz wartet. Müsste ich nicht ein traurigeres Getränk trinken wollen? Der Korken zischt aus der Flasche, als habe ihm der Flaschengeist ordentlich Feuer unter dem Hintern gemacht. Ich lasse die Flüssigkeit in ein Glas perlen und schnüffele an ihr herum, bevor ich das Glas ansetze und seinen Inhalt meine Kehle hinab rinnen lasse.

„Zum einen wollte er es nicht und zum anderen ist er nicht tot!" Frieda starrte mich noch immer an. Herausfordernd.
„Wollte nicht?", stotterte ich so verlegen, wie man nur sein kann. „Nein, das wollte er nicht. Das hätte er nie gewollt. So war er nicht! Er hat das genauso wenig gewollt, wie er das andere nicht gewollt hatte. Er wollte nicht tausend Jahre nach seiner Zeit zurückkommen", half sie mir auf die Sprünge, da sich die Verwirrtheit meines Gehirns offensichtlich in meinen Gesichtszügen wiederspiegelte.
„Er sollte, er musste! Es war nicht seine Wahl. Er wusste nicht, warum er hier war, er hat nur seiner Eingebung nach gehandelt!" „Eingebung?", wiederholte ich noch dümmer.

Die Erinnerung an meine verstockte Dämlichkeit lässt mich noch heute erröten. Ich spüre, wie sich mein Gesicht färbt und es dabei glüht. Ich versuche die zunehmende Wärme mit kühlem Champagner zu verringern.

„Er ist seiner inneren Stimme gefolgt!" Friedas Stimme klang zunehmend ungeduldig. Aber sie riss sich zusammen. Sie hatte immerhin einige Jahre Zeit gehabt, sich mit Geschehnissen zu beschäftigen, die sie mir als Erzählung innerhalb weniger Stunden offenbarte.

Ich schäme mich wirklich, wenn ich daran zurückdenke, wie wenig Trost ich ihr an diesem Tag spenden konnte. Naja, wie wenig ist schmeichelhaft formuliert. Den einzigen Trost, den ich ihr an diesem Tag gespendet habe, ist sicherlich der Trost des Zuhörens. Wahrscheinlich war es eine enorme Erleichterung für sie, diese Geschichte, Geschichte – darf ich es überhaupt Geschichte nennen? – endlich erzählen, mit einem Menschen teilen zu können. Obwohl ich ihren Verlust kaum ermessen kann, begreife ich, welch Last es zusätzlich sein musste/muss, mit diesem Wissen alleine dazustehen. Frieda hat sich viel eigene Gedanken gemacht und hat Erklärungen gefunden. Sicherlich wollte sie von mir aber spirituellen Beistand. Oder vielleicht eine Bestätigung, dass es so sein könnte. Ich habe versagt.

„Um was genau ging es denn in diesem Buch?", fragte ich sie, um uns beide aus der Verlegenheit zu erlösen, die mit meiner Unfähigkeit, ansprechend auf ihre Geschichte zu reagieren, über uns gekommen war.
Frieda überlegte. Während des Nachdenkens glitten ihre Gedanken zurück in eine Situation, die sie mit Hugo erlebt haben musste. Ich sah, wie sich ihr angespannter Körper entspannte und sie eine etwas lockerere Sitzposition einnahm. Ihr strengen Gesichtszüge wurden weich, während sich ein sanftes Lächeln in ihrem Gesicht ausbreitete.
„Ich stand eines Abends in der Küche und bereitete unser Abendessen vor, als Hugo zu mir kam. Er hatte ein Buch in der Hand und war, er war irgendwie aufgeregt oder sogar empört und dann erzählte er mir von Experimenten, über

die er gelesen hatte. Nein, er ging und holte uns beiden ein Glas Wein, bevor er mir erzählte, um was es ging.
Er las mir aus diesem Buch über die sogenannten Milgram-Experimente vor. Sie zeigen das Ausmaß des Einflusses, den Personen, also besonders Autoritätspersonen auf uns haben. Es ist ein Experiment, das zeigt, wie weit Menschen auf Anordnung anderer Menschen bereit sind zu gehen. Nur 14 von 40 Probanden brachen demnach ein Experiment ab, bei dem sie davon ausgehen mussten, andere durch die Erhöhung der Voltzahl von Stromstößen, die sie ihnen beifügten, umzubringen. Anhand weiterer Experimente konnte man schließen, dass Personen, die Befehlen gehorchen, sich viel weniger verantwortlich für die Konsequenz ihres Handelns fühlen. „Die scheinbar grenzenlose Bereitschaft der Menschen zur Konformität und zum Gehorsam gegenüber Autoritäten hilft, Zerstörungen großen Ausmaßes zu verstehen"", zitierte Frieda aus dem Kopf.
„Ich habe es mir eingeprägt, weil ich es so schrecklich fand", erklärte sie mir kurz, bevor sie wieder im Dämmerlicht ihrer abendlichen Küche versank und mit Hugo die Folgen solchen Verhaltens disputierte.
„Wir sprachen über die Entmenschlichung, die durch das distanzierte Kommunizieren per Internet geschehen kann und darüber, wie auch hier durch eine Autoritätsperson Abstand zum eigenen Handeln geschaffen wurde. Hugo überlegte dann, wie Menschen Autoritätspersonen werden. Oder besser gesagt, er überlegte, welche Personen gerne Autoritätspersonen werden. Und natürlich begann er, seine eigene Funktion als Autoritätsperson immer mehr zu hinterfragen. Es war aber, als ob dies nur etwas bestätigte, was

er sowieso dachte, da er sich sehr für Kant und dessen Aufruf, sich seines eigenen Verstandes zu bedienen, begeisterte." Frieda lächelte. „"„Sapere aude", war ein Ausspruch, den er sich sicherlich am liebsten in sein Schwert hätte gravieren lassen – was natürlich nicht ging. So und so nicht ging.
Es war das Selbstverständlichste der Welt, dass er in der folgenden Zeit nachlas, was für Psychogramme Autoritätspersonen haben. Oder besser gesagt, welche Art Mensch nach Macht strebt."
Frieda lächelte wieder, geborgen in ihren Erinnerungen.
„Interessanterweise können sowohl Menschen mit zu hohem als auch mit zu niedrigem Selbstwertgefühl den Weg zur Macht finden. Die einen haben ein Überlegenheitsgefühl, verbunden mit Geltungsbedürfnis, die anderen haben ein Unterlegenheitsgefühl, verbunden mit Geltungsbedürfnis. Und natürlich gibt es all diejenigen dazwischen, die mit natürlicher Autorität ausgestattet sind, die mit ohne „zu". Oft sind es leider die mit „zu", die nach Macht und Aufmerksamkeit streben.
Seine anfängliche Begeisterung für sein Amt ließ nach. Zum einen, weil er auf das Nutzen des eigenen Verstandes eines jeden setzte und zum anderen, weil ihm – es war geradezu fatal – genau das Gegenteil widerfuhr. Die Menschen idealisierten ihn, nein, sie idolisierten ihn. Es selbst sagte zuletzt oft, es sei eine Idololatrie, die um ihn getrieben wurde und er verabscheute es, weil er fand, dass der zugrundeliegende Gedanke genau der verkehrte sei."

Ich nehme einen weiteren Schluck Champagner, inzwischen scheint es mir das falsche Getränk zu sein und erinnere mich.

Mit dem Artikel von Frau Jacobsen war erst zögerlich, aber dann mit wachsender Dynamik eine Art „Hype" um Hugo entstanden. Frau Jacobsen und ihre Arbeitgeber hatten das schnell verstanden, denn nun folgten viele weitere Artikel, die von Hugo und seinem Tun als Bürgermeister von Niesgrus handelten. Auch ich habe so meine erste Bekanntschaft mit Hugo gemacht. Ich hatte mich darüber gefreut, dass dort ein Mann zugange war, der offensichtlich viel Wert auf das Miteinander legte. Ein Mann, der sich nicht scheute, unbequeme Wahrheiten zu benennen, aber viel mehr Zeit damit verbrachte, Lösungen mit seiner Gemeinde zu erarbeiten.

Wir Leser erfuhren auch alsbald, dass man – kreuz und quer durch alle Parteien – auch in Kiel auf ihn aufmerksam geworden war. Es gab dort einiges Hofieren. Nutzlos, wie sich herausstellte. Wie groß war dann die Überraschung, als wir eines Tages tatsächlich einen parteilosen Ministerpräsidenten hatten, einen, der in der Vergabe der Ämter nach Kompetenzen schaute und nicht nach Parteibüchern oder Gefälligkeiten, die man schuldete.

Frieda saß eine Zeit lang still auf ihrem Stuhl, dann griff sie nach ihrer braunen Ledertasche. Ich dachte, sie wollte gehen. Sie zog die Tasche auf ihren Schoß und begann, darin herum zu kramen. Nachdem sie gefunden hatte, was sie suchte, sah sie mich an, während ihre Hand mit einem Päckchen Zigaretten aus der Tasche erschien.

„Darf ich rauchen?", fragte sie, offensichtlich etwas verlegen. Diese Bitte gewährte ich ihr gerne. Viel zu gerne, da ich ein heimlicher Schnüffler bin. Ich rieche warmen Zigarettenrauch sehr gerne. Vielleicht war es auch die angenehme Stimmung, die während ihres Rauchens entstand, die mich insgeheim verleitete, selbst auch wieder zum Tabak zu greifen.

Und natürlich kann es kaum anders, dass ich nun ein Verlangen spüre, genau das jetzt zu tun. Ich krame meinen Auenland-Tabak aus der Schublade und stopfe mir genüsslich meine Pfeife. Der Duft, der nun durch das Arbeitszimmer wabert, ist einfach herrlich. Und so entspannend.

„Frau Jacobsen ist Hugo immer treu geblieben und er hat sie immer bevorzugt behandelt", erzählte sie dann. „Ich glaube, es war eine Mischung aus schlechtem Gewissen, dass er sie damals so reingelegt hatte und einer gewissen Anerkennung, dass sie das durchgezogen hat. In den letzten Jahren ist sie die Hauptberichterstatterin geworden."
Frieda rauchte ihre Zigarette sehr genussvoll. Gar nicht so gierig, wie ich erwartet hatte, sondern eher langsam und besonnen. Sie merkte, dass ich sie beim Rauchen beobachtete.
„Hugo mochte es nicht, wenn ich geraucht habe. Ich habe also nur selten geraucht. Aber in letzter Zeit ist es wieder deutlich mehr geworden." Sie konzentrierte sich wieder auf das, was sie zuletzt erzählt hatte.
„Frau Jacobsen ist natürlich nach Hugos Verschwinden auch bei mir aufgetaucht und wollte ein Interview oder irgendetwas von mir zu diesem Thema. Natürlich wusste sie

auch aus den Polizeiakten, dass die vermuteten, dass ich mehr wüsste oder sogar – in welcher Form auch immer" – Friedas Stimme wurde überraschend tief, als sie das sagte, fast wie ein fernes Donnergrollen und tatsächlich rollte sie das r auf hessische Art „etwas damit zu tun habe. Ich habe ihr gesagt, was der Polizeibeamte zu mir gesagt hatte: Hugo ist wie vom Erdboden verschluckt und ich habe nichts damit zu tun und weiß auch nicht, warum und wohin er gegangen ist." Sie drückte den Rest ihrer Zigarette in den Aschenbecher, den ich aus der Schrankwand geholt hatte.

„Ich bin nun am Ende meiner Geschichte." Sie sah mich abwartend an. „Was haben Sie jetzt vor?", beeilte ich mich zu fragen. Nach längerem Zögern, ich weiß nicht, ob sie es mir nicht erzählen wollte oder den Entschluss erst durch meine Frage motiviert gefasst hatte, sagte sie leise und irgendwie vorsichtig: „Ich werde gehen. Ich werde mein Haus verkaufen und an einen anderen Ort gehen."

„Noch mehr Verluste?", warnte ich sie. „Ich bin ja noch halbwegs jung", meinte Frieda, „ich kann nicht mein Leben in diesem Haus verbringen und in der Hoffnung auf die Haustür starren, dass sie sich plötzlich öffnet und ein dreckstarrender Wikinger mit Blutkruste im Gesicht und Schwert in der Hand in meine Küche stürmt. Und genau dies würde ich tun. Jeden Tag. Oder ich würde zum Hügel gehen. Jeden Tag. Vermutlich beides."

Ich verstand sie, obwohl ich überrascht war, dass sie sich so schnell zu diesem Schritt entschlossen hatte.

„Werden Sie zurück nach Hessen gehen?", fragte ich. Sie sah mich erstaunt an. „Nach Hessen", wiederholte sie dann mit einer Stimme, die ihre Überraschung verriet und sehr deutlich zeigte, dass sie sich mit diesem Gedanken überhaupt nicht beschäftigt hatte. Dass dieser Gedanke keine Option für sie bot.

„Nein! Auf gar keinen Fall. Auch dort gibt es nichts für mich. Ich finde es auch nicht richtig, an Orte zurückzukehren, die man bereits verlassen hat. Also, ich finde es für mich nicht richtig", korrigierte sie sich, „ich möchte und werde weitergehen, einen neuen Ort finden. Aber vorher werde ich noch verreisen."

„Wohin denn?", erkundigte ich mich freundlich in der Hoffnung, dass sie mich nicht für zu neugierig hielt.

„Ich werde nach Südafrika reisen", antwortete sie. „Das wäre Hugo und mein nächstes gemeinsames Reiseziel geworden und nun werde ich es alleine tun."

Sie ließ sich auf den Stuhl zurücksinken, von dem sie sich schon ein wenig erhoben hatte und zog eine weitere Zigarette aus der Packung.

„Ich bin nach Haithabu gefahren", begann sie dann von Neuem zu erzählen. „Ich bin nach Haithabu gefahren und bin den Weg gegangen, den ich unzählige Male mit Jamie und ein einziges Mal mit Hugo gegangen bin. Er wollte nie nach Haithabu zurück. Nicht in ein Museumsdorf. Ich bin also alleine den schmalen Pfad am Noor entlanggegangen, bis zu der Stelle, an der wir damals stehen geblieben sind und Hugo auf die paar Häuser gesehen hat, die das heutige Haithabu sind. Obwohl es sich fast ein wenig so anfühlte, als sei Hugo bei mir, fühlte es sich nicht gut an, dort zu sein. Ich ging also weiter den Pfad entlang bis zu der Stelle vor dem Steg, an der Jamie und ich so gerne gebadet haben. Ohne Jamie war auch diese Stelle schwer zu ertragen und

so bin ich weitergegangen. Immer weiter bis der Weg an den Schutzwall gelangt, der um Haithabu gezogen ist und man sich entscheiden muss, ob man dem Weg folgt oder die Stufen hinauf auf den Wall steigt und in weitem Halbkreis um Haithabu herumläuft."
Friedas Stimme hatte jetzt eine ganz andere Tonlage angenommen. Nein, das stimmt nicht, keine andere Tonlage. Ihre Stimme blieb tief, aber sie war so weich, so unglaublich sanft, dass ich mit größter Spannung wartete, was jetzt kommen würde.
„Ich entschied mich, die Stufen zu nehmen und Haithabu zu umkreisen. Den Weg durch die alten Eichen habe ich immer geliebt, hin und wieder sieht man das Noor durch die Stämme glitzern. Es ist wunderschön dort."
Sie verstummte wie eine gute Erzählerin, die weiß, wie man die Spannung steigert. Ich glaubte allerdings nicht, dass sie es aus diesem Grund tat, denn ich sah, wie erst eine und dann immer mehr Tränen stumm aus ihren Augenwinkeln rollten. Sie weinte tatsächlich völlig geräuschlos.
Ihre tiefe Stimme war zu einem Flüstern geworden als sie fortfuhr. „Nach einer Weile sah ich etwas unterhalb des Dammes im Gras liegen und stieg vorsichtig hinab, um zu sehen, was es ist. Gerade als ich mich bücken wollte, nahm ich eine Bewegung hinter mir wahr und ich drehte mich um."
Nun versagte ihre Stimme. Sie sah mich kurz aus diesen Augen an, deren Farbe so schnell wechseln kann und die nun, obwohl sie traurig aussahen, gleichzeitig hell und froh glänzten.

„Andri kam auf mich zu. Andri kam auf mich zu und ich spürte nichts als Seligkeit. Und ich ging ihm entgegen und er mir und dann durfte ich ihn seine Arme sinken und er hielt mich, bis ich aufsah und ihm meinen Mund entgegenstreckte, damit er mich küsste."

Sie stieß diese Worte schnell und trotzig hervor. Mir schien, dass sie Angst hatte, dass ich ihr nicht glaubte, dass ich es für eine Einbildung, ein Gespenst ihrer Sehnsucht hielte.

Ach, Frieda, nach allem, was du mir bis jetzt erzählt hast, würde ich dir entweder gar nichts glauben oder ich glaube auch das noch, dachte ich.

„Ich weiß, dass ich noch tausende Male ums Noor laufen und auf diese Stelle starren kann, er wird weder dort, noch in meiner Küche, noch auf dem Hügel wiedererscheinen.

Und deshalb kann ich fortgehen und gehe ich auch fort!"

Die Tränen glitzerten getrocknet auf ihren Wangen. Wieder sah sie mich an und dann erhob sie sich und ich wusste, dass sie nun gehen würde. Aber ich wusste auch, dass sie mir nicht alles erzählt hatte, von dem, was sie in Haithabu, dort an der Stelle jenseits des Walles erlebt hatte. Es war klar, dass sie diesen Teil der Geschichte eigentlich ganz weglassen wollte und es mir nur erzählt hatte, weil ich besorgt war und mich wunderte, dass sie von hier fort wollte. Sie reichte mir ihre Hand zum Abschied und dann ging sie und ich glaube nicht, dass ihr bewusst war, dass sie diese Melodie summte. Die Tür klappte hinter ihr zu und dann war sie weg.

Und ich? Ich habe die unglaubwürdigste Geschichte meines Lebens gehört – und ich habe viele Geschichten gehört.

17.

Während ich nun diese letzten Zeilen der Geschichte Friedas und Hugos niederschreibe, klingt ein wunderliches Geräusch an meine Ohren. Es klingt ein wenig wie das Heulen eines Wolfes. Es klingt schaurig, archaisch, aber dieses Heulen klingt auch abgrundtief traurig. Es ist ein klagender Laut der Trauer und des Protestes. Ich spitze meine Ohren und recke mich vor, um die Herkunft dieses Geräusches zu ergründen. Dann bemerke ich, dass ich das nicht brauche. Dieses wütendtraurige Heulen und Grollen dringt aus mir selbst. Ein Ton der Empörung. Ich will nicht, dass es vorüber ist!
Ewig hätte ich diese Geschichte weiterschreiben können, der Chronist sein wollen, der die Taten von Hugo und Frieda in blauer Tinte verewigt. Der Chronist einer Geschichte sein wollen, die von einem Weg in ein freundlicheres Miteinander erzählt.
Tränen tropfen auf die geschriebenen Worte und verwässern das Blau meiner Tinte bis das Papier vor mir aussieht wie der Wellengang eines wogenden Meeres.
Ich hebe meine Augen gen Himmel und stoße mit meinem Blick gegen die Zimmerdecke. „Warum?", schluchze ich dem Hindernis entgegen.
Natürlich weiß ich sehr gut warum, aber noch fehlt mir die Einsicht. Ich vermisse Frieda und Hugo. Ich vermisse sie, als seien sie meine Kinder. Kinder, die mir Freude und Zuversicht schenkten. Kinder, die mir Hoffnung schenkten.
Jetzt spüre ich Mutlosigkeit in meinen alten Körper und meine verbrauchte Seele kriechen. Sie breitet sich wie etwas

Kaltes in mir aus. Sie kriecht in jede Pore meines Seins und sie lässt mich erstarren. Ich erstarre wie die Natur im Winter. Ich schauere. Friere. Halte still.

„Gott!", seufze ich schließlich. Und noch einmal: „Gott!" „Gott?" Und dann, langsam, spüre ich, wie sich ein winziges Lächeln in meine Mundwinkel nistet. Und das Lächeln wird immer größer.

Ich bleibe bei Gott – auch wenn ich nicht bei dem Gedanken einer einzig wahren und richtigen Religion bleibe. Ich glaube. Und ich werde weiterglauben. Und ich werde Gott sagen – auch wenn mein Gott nun ein noch viel größerer Gott geworden ist. Einer, zu dem viele Wege führen. Gänzlich unterschiedliche Wege, denen nur der teils steinige Grund der gegenseitigen Achtsamkeit gemeinsam ist. Eine Achtsamkeit gegenüber allem, was kreucht und fleucht. Achtsamkeit!

Ich erinnere mich an Worte Friedas, die Worte Hugos waren. Eine naive Idee? Er wollte weltweit erreichen, dass Rüstungsausgaben für ein Jahr ausgesetzt und die frei werdenden Ressourcen stattdessen für Umweltschutz eingesetzt werden sollten. Oder fünf Jahre lang jeweils zwanzig Prozent. Oder aber, weil Krieg das Schwachsinnigste überhaupt ist, für immer. Stattdessen Umweltschutz und Umwelttechnik.

Aber das ist ja lachhaft. Wer würde sich schon der Gefahr aussetzen, seine Rüstung zu minimieren und das Geld stattdessen in nachhaltige Wirtschafts- und Umweltprojekte stecken? Schließlich droht die Gefahr ja vom Nachbarn, von den Millionen Menschen, die unbedingt Krieg wollen und nicht von der Natur, nicht wahr?

Oder sind es nicht sogar Milliarden Menschen, die u-n-b-e-d-i-n-g-t Krieg wollen? Dass das internationale Wettrüsten der Verteidigung dient, glaube ich genauso wenig wie das rein wissenschaftliche Interesse an der Erforschung des Universums oder jetzt gerade des Mars. Mit einem weiteren Schluck aus meiner Bierflasche verwandele ich mich plötzlich in einen Alexander Gerst und betrachte unsere Erde aus den Weiten des Alls – so wunderschön und zerbrechlich wie eine Seifenblase – hell leuchtend im All schweben, wie eine blaue einsame Blume, die unvermittelt von einem gewaltigen Bienenvolk gleichenden Schwarm riesiger Transportfähren angesteuert und mit dem Resultat intergalaktischer Raubzüge überhäuft wird – peng!
Peng, peng! Wenn alle Nationen ihr Militär nur zu Verteidigungszwecken hätten, könnten alle darauf verzichten, wenn alle darauf verzichteten. Kein peng! Ich komme zurück auf die Erde.
Und noch absurder und naiver der Gedanke, die Kirche könnte ein paar Millionen – eventuell so viele, wie sie bei ekelhaften Immobiliendeals verspielt hatte – in Umwelttechnik investieren. Sozusagen als Reparationszahlungen…
Ach, Hugo, ich kenne dich nur aus Friedas Erzählungen, aber ich vermisse dich!
Ich sitze hier und trinke und rauche und vermisse den mir persönlich unbekannten Hugo. Während ich ihn vermisse, kommt mir der Gedanke, dass es genauso sein sollte: Wir selbst sollen die Verantwortung übernehmen. Es kann nur funktionieren, wenn wir es selbst tun. Statt Fridays Plakate zu schwenken, Fridays Müll sammeln.

Hugo, ich glaube, ich habe verstanden. Ich nehme einen Schluck Bier und sauge am Stiel meiner Pfeife. Der fantastische Geruch des Auenlandes wabert um und in meine Nase und dringt in mein Gehirn.

Ach, Greta, warum gehst du nicht freitags an den Strand und sammelst Müll? Dann sammelten jetzt zehntausende Schüler weltweit auch Müll. Oder etwa nicht? Statt mit ihren Plakaten noch mehr Müll zu verursachen. Und sie bewiesen ihre Bereitschaft, Opfer zu bringen für ihre Forderungen, deren Rechnung sicherlich gerne andere bezahlen sollen.

Ach, Greta! Aber du bist ja erst sechzehn und weißt noch nicht, dass man das Gute tun muss. Selbst tun muss!

Während ich nun wirklich die allerletzten Worte niederschreibe, bemerke ich, dass ich eine Melodie summe. Ich summe die Melodie, mit der Frieda mich zurückgelassen hat, die sie mir zurückgelassen hat: „Who'll come with me" und plötzlich weiß ich, wer mit ihr geht, wer keine Angst mehr hat: Ich!

Ich werde sie begleiten und ihr helfen, diesen vermaledeiten Ring, diesen vermeintlichen Schatz dahin zu befördern, wo er hingehört – ins Nichts!

„Wir werden Mephisto beweisen, dass er irrt:

Dass das Böse nicht unbedingt

zu dem Guten gehört!", reime ich etwas ungeschickt, aber froh.

Meine Augen schweifen über meinen zugemüllten Schreibtisch und die vielen leeren Flaschen darunter. Sie schweifen über die drei grünen Bücher, die im Regal vor sich hindösen. Schnell greife ich mir den ersten Band und schlage die

Stelle auf, die ich mir vor vielen Jahren markiert habe: „Die Zwerge sprechen nicht darüber; aber ebenso wie *mithril* die Grundlage ihres Reichtums war, so war es auch ihr Verderben: sie gruben zu gierig und zu tief…" Die Institution Kirche scheint Gemeinsamkeiten mit den Zwergen von Mittelerde zu haben.
Ein Schauder durchläuft mich.
Nein! Dieses Leben ist vorbei. Ich bin alt und meine Hände zittern. Aber mein Herz zittert nicht. Ich gehe jetzt. Ich kann nicht anders!

Ende.